# 诗经里的
# 昆虫

杨红珍 著

中国林业出版社
China Forestry Publishing House

**图书在版编目（CIP）数据**

诗经里的昆虫 / 杨红珍著. -- 北京 : 中国林业出版社, 2022.11

ISBN 978-7-5219-1767-3

Ⅰ. ①诗… Ⅱ.①杨… Ⅲ. ①《诗经》—诗歌研究②昆虫学—基本知识 Ⅳ.①I207.222 ②Q96

中国版本图书馆CIP数据核字（2022）第121072号

**策划编辑** 刘香瑞
**责任编辑** 刘香瑞　李静
**装帧设计** 刘临川
**出版** 中国林业出版社（100009　北京市西城区刘海胡同 7 号）
　　　　http://www.forestry.gov.cn/lycb.html
**电话** 010-83143545
**发行** 中国林业出版社
**印刷** 北京雅昌艺术印刷有限公司
**版次** 2022 年 11 月第 1 版
**印次** 2022 年 11 月第 1 次印刷
**开本** 710mm×1000mm　1/16
**印张** 12
**字数** 290 千字
**定价** 68.00 元

# 前言

  忙里偷闲，喜欢逛逛书店。流连于一排排书架间，随便翻翻自己喜欢的书，历史的、文学的、生物的、自然的。机缘巧合，有一次我在书架的高处发现一本《诗经名物图解》，这本书对《诗经》里涉及的动植物进行了绘图并做了简单介绍。在此之前，我对《诗经》的了解可能只是"窈窕淑女，君子好逑""桃之夭夭，灼灼其华"等诗句。然而，喜欢昆虫的我，却被这本书最后几页的昆虫吸引住了。于是，我开始翻看《诗经》，寻找《诗经》里与昆虫有关的诗句。"七月在野，八月在宇，九月在户，十月蟋蟀入我床下""喓喓草虫，趯趯阜螽""领如蝤蛴，螓首蛾眉"。这些优美的诗句似乎触碰到我的心灵，要带领我探索先秦时期的昆虫，它们当时对人们的生活有什么影响，在人们心目中的地位是好，是坏，被崇拜，还是被厌弃。

  《诗经·周南·螽斯》通篇都在用"诜诜兮""薨薨兮""揖揖兮"这样的拟声词来形容"螽斯"群飞时振翅发声的景象，表达了对"螽斯"强大的繁殖力的羡慕之情，再用"振振兮""绳绳兮""蛰蛰兮"等溢美之声来祝愿人们多子多孙。

  《诗经·召南·草虫》是一首关于孤独的女子思念远方的爱人、渴望相见的诗歌。全诗第一章通过"喓喓草虫，趯趯阜螽"的欢快与女子见不到恋人的伤春悲秋形成鲜明的对比。女子"未见君子"时，更是"忧心忡忡"，只有"亦既见止，亦既觏止"，才能"我心则降"。

  《诗经·卫风·硕人》是一首赞美卫庄公夫人庄姜的诗歌。在形容其极致的美貌时，用了"领如蝤蛴，螓首蛾眉"。用蝤蛴这种昆虫来形容女子的脖颈之美，以蛾、蝉来比喻、赞扬女性的面容姣好。

  《诗经·齐风·鸡鸣》中写道："鸡既鸣矣，朝既盈矣。匪鸡则鸣，苍蝇之声。"这是贤妃一早就跟皇上说，公鸡都喔喔叫了，该起床上朝了，而皇帝不想早起，却说那不是公鸡在叫，而是苍蝇的嗡嗡声。

  《诗经·曹风·蜉蝣》全文借助蜉蝣的美丽、蜉蝣的柔弱及蜉蝣的短命来感叹生命的脆弱、人生的短暂以及作者对自己和国家命运的忧心。《诗经·大雅·荡》中说："如蜩如螗，如沸如羹。"成语"蜩螗沸羹"也由此而来，用于形容喧闹的环境，如同蝉鸣及羹汤沸腾的声音，扰乱人心。

  在《诗经·豳风·七月》中，作者用蟋蟀这种物候昆虫对气候变化的反应表达了季节的更替。七月天热，蟋蟀往往喜欢在田野中；进入八月，蟋蟀就进入庭院的墙缝里、石头底下；而九月天气转凉，它就开始向人类温暖的住宅处转移。到了更冷的十月，蟋蟀就进入屋内"入我床下"了。

《诗经·豳风·东山》里写道："伊威在室，蠨蛸在户。町畽鹿场，熠耀宵行。不可畏也，伊可怀也。"这是借萤火虫来哀叹战乱带来的民不聊生的凄惨景象：军人回家时，看到家园已经很久没有住人了，屋子里有土鳖乱爬，门窗上结满了蜘蛛网，院子里有很多萤火虫发出鬼火一样的闪光，心情极其低落，更加思念亲人。

《诗经·小雅·小宛》借螟蛉不辞辛劳地养育别人的孩子，象征那些勤于修德者，认为国王如果不勤政以巩固地位，将会有勤于修德者取而代之。

《诗经·小雅·大田》是一首记述农业生产的诗歌，描写了一年中从春耕播种到去除杂草和虫害再到丰收的整个过程，其中"去其螟螣，及其蟊贼，无害我田稺"既是人们为庄稼丰收所作的田间管理工作，也是一种美好的愿望，希望能够除掉螟、螣、蟊、贼这些农业害虫，让它们不要为害我田里的庄稼。

《诗经·小雅·青蝇》把专进谗言的人比作苍蝇，将嗡嗡的苍蝇之声比作那些可恶至极的谗言，借苍蝇斥责小人拨弄是非、陷害忠良，讽刺统治者听信谗言，祸国殃民。

《诗经·周颂·小毖》中"莫予荓蜂，自求辛螫"，警告人们不要轻视那些看似微小的蜂，招惹它们可是要被蜇的。诗中把蜂比作小人，告诫人们要远离小人，否则受到伤害那就是咎由自取。

《诗经》里出现的昆虫并不是很多，但这些昆虫却涉及了先秦时期人们的凄苦、思念、劝诫、讽刺、斥责、欣赏、美好愿望、季节变换、农业生产等诸多方面；不论是对平民百姓，还是王公贵胄，都有与昆虫相关的描写。

于是，做了20多年昆虫科普工作的我很想通过诠释《诗经》里的昆虫文化，将昆虫文化与自然特性相结合，给大家展示一个全面的、立体化的《诗经》里的昆虫形象，让《诗经》里昆虫走到我们身边，走进我们的生活。

本书主要包括以下三方面的内容：

一是对《诗经》里的昆虫文化进行了详细的剖析。不但介绍了这些迷人的小动物在《诗经》中所代表的意义，而且还介绍了几千年来源远流长的昆虫文化，包括跟这些昆虫有关的民间传说、历史人物、诗词成语、昆虫的造型艺术、昆虫节日文化、药用与食用等。

二是纠正了古人对某些昆虫的生物学特性的错误认识。例如，"螟蛉有子，蜾蠃负之""腐草化萤""蜉蝣朝生暮死"等。

三是将《诗经》里的昆虫名称与现代昆虫名称相对应，并介绍了昆虫的形态特征、生物学特性、目前的生存状况等。

需要说明的是，本书中《诗经》的注音，参考了三秦出版社的《诗经》（骆玉明解注），在此表示衷心感谢。

杨红珍

2022 年 3 月

# 目录

# 诗经里的
# 螽斯

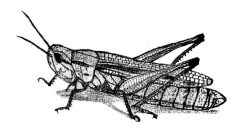

<sup>zhōng</sup>
螽斯羽，诜诜<sup>shēn</sup>兮。宜尔子孙，振振<sup>zhēn</sup>兮。

螽斯羽，薨薨<sup>hōng</sup>兮。宜尔子孙，绳绳<sup>mǐn</sup>兮。

螽斯羽，揖揖<sup>jí</sup>兮。宜尔子孙，蛰蛰<sup>zhé</sup>兮。

——《诗经·周南·螽斯》

　　参观故宫博物院，走到西六宫时，会看到百子门；进门之后，沿着这条街往前走，出口是螽斯门。据说明清时代的嫔妃都愿意在这条街上走，就是为了穿过这两道门。百子门的意思很明显，就是希望皇帝子嗣多多，而与它相对的螽斯门是什么意思呢？原来螽斯门来自《诗经》。《诗经·周南·螽斯》通篇都在用"诜诜兮""薨薨兮""揖揖兮"这样的拟声词来形容"螽斯"群飞时振翅发声的景象，表达了对"螽斯"强大的繁殖力的羡慕之情，再用"振振兮""绳绳兮""蛰蛰兮"等溢美之声来祝愿人们多子多孙。《毛诗名物解》中曰："螽斯，虫之不妒忌，一母百子，故诗以为子孙众多之况。"古人认为："后妃不妒忌而子孙众多，故众妾以螽斯之群处和集而子孙众多比之，言其有是德而宜有是福也。"因而就有了以"螽斯"之诗祝人多子的主题解读。明朝在建紫禁城时，将内廷西路西六宫区域的西二长街的南门命名为螽斯门，将北门命名为百子门，意在祈盼后妃和平相处，皇家多子多孙，帝祚永延。

　　古代由于生产力低下，农业生产几乎完全依靠劳动力，孩子多就意味着劳动力多，这个家庭就会生活得很好，老人就显得有福气。而对部落或者国家而言，人口稀少也容易遭到外族侵略。所以，几千年来，多子多福的思想一直根植在人们的心中，尤其渴望像"螽斯"那样多子多孙、生生不息，同时也会把多子多孙作为一种美好的祝愿。即使在现代社会，多子多福也还是很多人的美好向往。

## 是螽斯，还是蝗虫？

螽斯是直翅目剑尾亚目螽斯科的所有昆虫的统称，它们具有长长的超过体长的丝状触角，通过两前翅相互摩擦而发出声音，听器位于前足胫节，雌性腹部产卵瓣呈矛状、镰刀状或剑状。螽斯不善于飞行，有的种类没有翅或者翅很短，所以不能飞，而且螽斯都是单独活动，不喜欢群集。那么，《诗经》里提到的"螽斯"是不是我们现在所说的螽斯？诗经里还提到了"斯螽""阜螽"，它们也是指螽斯吗？

让我们先看看前人的解释吧？朱熹在《诗集传》中是这样介绍"螽斯"的："螽斯，蝗属，长而青，长角长股，能以两股相切作声，一生九十九子。"朱熹认为"螽斯"是蝗虫类，以两股相搓作声。在《诗经·豳风·七月》中有"五月斯螽动股，六月莎鸡振羽"。三国时代的陆玑在《毛诗草木鸟兽虫鱼疏》中注解说："斯螽，幽州人谓之春箕，蝗类也，长而青，长股，股鸣者也。"这说明古人早就知道"斯螽"动股可以发声。《诗经·召南·草虫》中有"喓喓草虫，趯趯阜螽"。《毛传》认为："阜螽，蠜也。"《草木疏》云："今人谓蝗子为螽。"因此，诗经中所说的"螽斯""斯螽""阜螽"都指的是蝗科的昆虫，而不是现在分类学上所说的螽斯。蝗虫是通过后足与前翅摩擦而发声，而螽斯是通过双翅振动发声的。蝗虫喜欢群集而飞，而螽斯不善飞，也不喜欢群集。所以能在空中飞行的、繁殖力强的昆虫实际上是蝗虫。

## 蝗虫有多少"子"？

蝗虫的繁殖能力极强，这一点几千年前的古人就意识到了。《毛诗名物解》中曰"螽斯，虫之不妒忌，一母百子，故诗以为子孙众多之况"；陆佃在《埤雅》里说"一母百子者也"；苏辙在《诗集传》里说"一生八十一子"；南宋范处义在《诗补传》中认为"蝗类，一母百子，或云一生八十一子"；洪咨夔在《平斋文集》中说"一蝗东方来，孕子九十九"。

那么一只蝗虫一生到底能产多少粒卵呢？

蝗虫一生可多次产卵，不同种类产卵数量不等。例如，在正常

故宫螽斯门

蝗虫产卵

情况下，沙漠蝗一生平均产3次卵，每个卵块一般有50~80粒，最多的一次产157粒卵；东亚飞蝗一生平均产3~5块卵，个别雌蝗可产12块卵，每个卵块有49~90粒卵。因此，古人认为的"一母百子"还是低估了蝗虫的繁殖能力。

蝗虫不但繁殖力极强，而且在一定条件下，有些种类（比如沙漠蝗、东亚飞蝗等）还可以进行孤雌生殖，即雌蝗虫在不与雄蝗虫交配的情况下也能产卵繁殖。不过这些卵粒孵化出的蝗蝻均为雌性。它们羽化后，可与雄蝗交配并产卵，或继续进行孤雌生殖。

## 蝗虫"化生说"

《诗经·小雅·无羊》中有"众维鱼矣"。"众"即"螽"，如前所述，古人所说的"螽"就是我们现在说的蝗虫。古人认为，风调雨顺的时候蝗虫就化为鱼，天旱时鱼则化为蝗虫。这就是所谓的"化生说"。

化生说是指古人在长期的生产实践中看到一些生物现象，但由于对生物现象的认识不足，便认为一种生物可以变成另一种生物，比如我们从前讲过的"腐草为萤"，还有"鹰化为鸠""麦化为飞蛾""鲲化为鹏""燕雀立冬化为蛤"等，都是认为物种之间可以相互转化。这种思想虽然我们现在看起来觉得很可笑，但自先秦以来人们一直都是这么认为的，并且得到了广泛的传播，而到了宋代，化生思想已经被宋人完全接受，并利用这种思想来解释很多生物的来源。关于"鱼化蝗""虾化蝗"的说法，历代都有记载，例如，《东观汉记》中"蝗虫飞入海，化为鱼虾"；《列子》中有"鱼卵之为虫"的记述，另外有"江中鱼化为蝗""鱼螺变为虫蝗"等说法；《跋遮曲》有"前年大旱河草黄，草中鱼子化飞蝗"的描述，等等，不一而足。

## 🔖 我国历史上的蝗灾

"飞蝗蔽天，食稼殆尽，饿殍载道，人饥相食"。这不是耸人听闻，而是旧社会对蝗灾的真实描述。我国历史上曾把蝗灾、水灾、旱灾并称为三大自然灾害。《汉书》记载：汉平帝元始二年四月，"郡国大旱，蝗，青州尤甚，民流亡"。唐代有"大蝗，人相食"的记载。《元史》记载："飞蔽天，人马不能行，所落沟堑皆平。"清代的《阅微草堂笔记》记载："崇祯末，河南山东大旱蝗，草根木皮皆尽，乃以人为粮，官吏弗能禁。"

自春秋战国以来的2700多年里，中国仅中原地区发生较严重的蝗灾就有800多次，平均每三年发生一次，并且每隔5~7年就发生一次大规模的蝗灾。唐朝289年历史中，有记载的较大规模的蝗灾超过40次，相比其他朝代这还算是频率较低的，宋朝仅记载于《宋史》的蝗灾就多达92次。

蝗灾直接造成庄稼无收，更因此带来了社会的动荡和战事的频发，甚至到了无法收场的地步。蝗灾往往发生在夏、秋两季，在生产能力低下的时代，蝗灾就意味着饥荒，饥饿和疾病迫使灾民背井离乡，流离失所。再加上贪官污吏赈济不当，走投无路的灾民不得不揭竿起义，如唐朝黄巢起义的直接原因就是严重的旱灾和蝗灾。

面对铺天盖地的蝗虫，人们也是想尽各种办法去捕杀，但仍然阻止不了蝗灾的频发。山西新绛县阳王镇稷益庙里的壁画《捕蝗图》，用夸张的手笔描绘了愤怒的人们捕捉蝗虫的情景。壁画上的两个人怒目圆睁，咬牙切齿，将一只张着大嘴要吃人的妖魔化的大蝗虫结结实实捆绑起来。可见，当时人们对蝗灾的深恶痛绝，势要从蝗虫口中夺取粮食。

## 🔖 蝗灾发生的原因

蝗虫之所以可以爆发成灾，主要由两方面的因素造成。一是自

明代壁画《捕蝗图》局部

身的特点，二是外部环境条件。

蝗虫具有高繁殖力、暴食性、群集性和迁飞能力强等特性，这是其大爆发的必要条件。蝗虫是昆虫界的"吃货"，古人称之为"饥虫"。欧阳修描述蝗虫"口含锋刃疾风雨，毒肠不满疑常饥"。蝗虫主要以禾本科植物为食，尤其是小麦、玉米、高粱和竹类的叶和茎。而一旦禾本科植物被吃光，它们也不会停止进食，只要咬得动的东西都不会放过。蝗虫可以进行长距离迁飞，据专家统计，群居型东亚飞蝗累计飞行距离可达65千米，累计飞行时间超过了7小时。

干旱是诱发蝗虫大爆发的外部环境条件，古人有"旱极而蝗"之说。蝗虫更喜欢干燥的环境。大地干旱便会引起水位下降，导致河滩、湖滩大面积裸露，适合蝗虫的产卵场所大幅增加，蝗虫会产下大量的卵，种群密度升高，从而形成群居型蝗虫。蝗虫成群生活也需要较高的温度来维持其活跃性，而干旱气候常常伴随着高温。大规模群聚之后，蝗虫就会进行迁飞扩散，而在迁飞过程中，还会带动其他蝗虫群体不断加入，最终形成大规模的蝗群。蝗群如超级收割机，人类用来果腹的禾本科植物被它们统统"收入囊中"，造成严重的蝗灾。

## 蝗虫的特点

蝗虫属于直翅目锥尾亚目蝗科，为世界性分布，全世界有1万余种，我国有900余种。成虫身体为中型至大型，较粗壮。头两侧有一对突起的复眼，能够看得较远较广，通常还有3个单眼，用来感知光线的强弱和分辨方向。触角较短，一般为丝状、剑状或棒状。前胸背板发达，盖住中胸背板，近马鞍状。后足腿节特发达，胫节较长，跳跃时主要依靠后足。多数种类具有2对发达的翅，前翅狭长，后翅膜质，常具有鲜艳的色彩，飞翔时后翅起主要作用。雌性产卵器粗短，呈短瓣状。

蝗虫俗称蚂蚱或者蚱蜢。其实，在分类学上，蚱、蜢、蝗并不是一类昆虫，它们分别属于三个不同的科，即蚱科、蜢科和蝗科。它们的形态特征也有所不同。过去把蚱科称作菱蝗科，因为它的前胸背板特别发达，呈菱形，几乎盖住了腹部。蚱科昆虫个体小，前翅退化，不能飞行，没有发音器和听器。过去把蜢科称作短角蝗科，因其触角较短。蜢科昆虫的触角近端处有一个小突起，称为触角端器。

　　蝗虫属于不完全变态中的渐变态类型，一生经过卵、若虫、成虫3个阶段，若虫的形态和生活习性与成虫相似，只是翅的大小不同、性器官发育程度不同而已。雌雄两性成虫在羽化后7~14天就可以交配，而且一生可多次交配。在交配7~10天后，雌虫就会选择适宜场所产卵，多数种类产卵于土中。雌蝗虫的腹部末端有两对坚硬的产卵瓣——背瓣和腹瓣，利用这两对产卵瓣的活动，可以把

东亚飞蝗成虫

红褐斑腿蝗

美东笨蝗

短额负蝗

蝗虫产卵示意图

土壤向周围挤压，使腹部逐渐插入土壤深处，直到整个腹部都进入土中。之后通过腹部的伸缩，一粒挨着一粒地产卵，同时分泌一些黏胶液，等卵粒全部产出之后，雌蝗虫再分泌大量的黏胶液，将所有的卵粒完全覆盖，形成一个坚硬的卵块，之后再用两后足推动表土，将产卵孔埋好。

## 蝗虫的发声方式

"五月斯螽动股"，古人早就发现蝗虫是通过动股发声。蝗虫是通过后足跟翅摩擦发出声音的。蝗虫的每只后足内侧都有一系列的音齿，每个翅的外侧都长有一条粗糙而又高起的翅脉，称为音锉。当蝗虫想要"高歌"时，它的后足就会快速地交替着抬起又落下，用足上的音齿弹拨和摩擦翅上的音锉，这样就会发出声音了。不过，不同种类的蝗虫，其摩擦的部位和方式也不太相同。

飞蝗、异距蝗和曲背蝗利用后足股节与前翅相互摩擦发声，稻蝗和板胸蝗利用后足胫节和前翅相互摩擦发声，异痂蝗利用后足股节与后翅摩擦发声，皱膝蝗利用后足胫节与后翅相互摩擦发声；有的种类不是利用后足和翅摩擦发声，而是通过后足与腹部第二节背板两侧摩擦发声，如短鼻蝗；剑角蝗最为奇特，它们是通过前后翅摩擦发声的，并没有利用长长的后足。

蝗虫食品

## 🦗 蝗虫的食用

"蝗灾猛于虎"，在过去，人们总是把蝗虫与蝗灾联系到一起。但蝗虫在其他方面，对人类还是有所贡献的，特别是作为蛋白质的来源。

在我国，食用蝗虫古已有之，远在唐代就有食用蝗虫的记载。据说在唐朝贞观二年，唐太宗为了显示灭蝗的决心，曾亲自吞食蝗虫，虽然主要是为了作秀，但也可以说是开创了吃蝗虫的先例。北京、天津、山东、广西、云南等地都有吃蝗虫的习惯。有些高档饭馆把油炸蝗虫当作一道精品菜肴展示在菜单上，而烧烤店则把蝗虫串成串放在烧烤架上。在广西北部山区仫佬族一年一度的"吃虫节"

上，"油炸蝗虫""腌酸蚂蚱"是必不可少的昆虫菜肴。国外也有食用蝗虫的习惯。在日本、朝鲜、印度、柬埔寨、泰国、菲律宾、巴布亚新几内亚、墨西哥、美国等国家都有食用蝗虫的报道。

对蝗虫营养成分的研究表明，蝗虫体内含有50%~75%的蛋白质，含有十几种氨基酸，包括人类必需的氨基酸；蝗虫体内的不饱和脂肪酸含量很高，而脂肪含量较低，并含有丰富的矿物质和微量元素，是一种营养成分齐全的纯天然保健食品。

另外，蝗虫体内还含有抗冻蛋白，这种蛋白质不仅在食品的冰冻、贮藏、运输和解冻过程中能抑制重结晶，防止营养成分损失，同时在医学上也可用于提高超低温保存的人和动物的卵子、精子、胚胎等器官的冷冻质量。

蝗虫也可药用，据《本草纲目》记载，蝗虫可治疗咳嗽、气短、破伤风、急慢惊风、高血压等多种疾病。能入药的蝗虫主要是中华稻蝗和东亚飞蝗。

蝗虫饲养笼

蝗虫除为人类食用外，还是各种家禽、家畜的优良饲料，同时也是极好的蛋白原料。

蝗虫繁殖力强、发育历期短，容易饲养，可工厂化生产，是一种很适合开发的资源昆虫。

蝗虫饲养棚

# 诗经里的
# 草虫

yāo　　 tì　fù zhōng　　　　chōng
喓喓草虫，趯趯阜螽；未见君子，忧心忡忡。亦既见止，

gòu
亦既觏止，我心则降。

zhì　　　　jué　　　　　chuò
陟彼南山，言采其蕨。未见君子，忧心惙惙。亦既见止，

yuè
亦既觏止。我心则说。

陟彼南山，言采其薇。未见君子，我心伤悲。亦既见止，

亦既觏止。我心则夷。

——《诗经·召南·草虫》

《诗经·召南·草虫》是一首关于孤独的女子思念远方的爱人、渴望相见的诗歌。全诗第一章通过"喓喓草虫，趯趯阜螽"的欢快与女子见不到恋人的伤春悲秋形成鲜明的对比，草虫的欢唱和阜螽的欢跳正是昆虫在求偶行为，看见这些，女子"未见君子"时，更是"忧心忡忡"，只有"亦既见止，亦既觏止"，才能"我心则降"。而在另一篇《诗经·小雅·出车》第五章同样使用了这句话："喓喓草虫，趯趯阜螽。未见君子，忧心忡忡。既见君子，我心则降"，这里则描写了战争使人们饱受凄苦，相爱的人不能相见的残酷现实。

## 草虫是什么虫？

关于"草虫"，历代有很多注释，有些人认为专指某一种鸣虫，而有些人则认为是泛指草丛中会鸣叫的昆虫。清朝戴震《诗经补注》曰："草虫，则凡小虫草生者之通语也。"清朝汪梧风《诗学女为》曰"……闻其声，泛曰草虫而已；见其物，乃曰阜螽……草

绿蝈蝈

虫本无定指。"竹添光鸿《毛诗会笺》也认为:"草虫……非泛指草中虫也。"陆玑《诗疏》则认为:"小大长短如蝗,奇音、青色,好在茅草中。"清代徐鼎《毛诗名物图说》支持这种观点:"愚按诸家说,草虫纷纷,惟陆疏似蝗者为是,但非灾虫不可谓蝗耳!"郝懿行《尔雅义疏》以为虫、螽古字通,草螽即草虫,济南人谓之聒聒,即今人所说的蝈蝈。目前,大多数现代文献也都认为草虫即蝈蝈。3000年前,我们的先民就已经被蝈蝈的鸣声所吸引。而对于现在的我们来说,蝈蝈应该无人不知、无人不识吧!提起蝈蝈,那悦耳的声音是否会立刻在你的耳边萦绕?

## 蝈蝈文化

蝈蝈作为一种鸣虫,从古至今广受我国人民的喜爱,不仅仅是因为它的鸣声响亮,也因为它长相讨巧,更重要的是,蝈蝈的"蝈"与国家的"国"同音,所以才有了"万蝈来朝"的故事。关于"万蝈来朝"有多个版本,但不管是哪一个版本,都是皇帝希望在自己的管理下国家强盛,令诸国臣服,每到年关都能看到万国来朝的景象。而一些聪明的大臣知道做不到却又不敢违抗皇命,则想到了用一万只蝈蝈来代表万国的方法,等到皇帝一上朝,一万只装在笼子里的蝈蝈开始"国、国、国"地叫成一片。仪式过后，心情大好的皇帝就会把这些蝈蝈赏给在朝的王公大臣。所以在很多大臣家里也会蓄养蝈蝈并听其鸣声。康熙、乾隆两位皇帝都非常喜欢蝈蝈，因此清宫里设有专门繁育蝈蝈等鸣虫的机构。末代皇帝溥仪也是一位蝈蝈爱好者，据说小时候上朝时也把蝈蝈带在身上。在电影《末代皇帝》中，当年仅有三岁的溥仪在登基大典时，对大臣的朝贺毫无感觉，却寻着声音找到了某位大臣怀里揣着的蝈蝈。

因为蝈蝈的"蝈"与"官"谐音，蝈蝈的鸣声也像是可以升官的"官、官、官、官"的声音，而且蝈蝈的后足强劲有力，善于跳跃，也有升官的意思，因而蓄养蝈蝈的大臣越来越多，据说清朝八旗子弟没有不玩赏蝈蝈的。

蝈蝈的形体、鸣声和美好的象征赋予了它极高的观赏价值和文化价值，也多次出现在文人雅士的绘画作品、玉器摆件以及鼻烟壶等工艺品上。其中蝈蝈白菜是最著名的玉器摆件，对国家而言，寓意国有万财，国家兴旺！对个人而言，则意味着招财纳福、步步高升！因为寓意好，所以除了玉器，还有用金、银、象牙、骨骼等材料雕刻或者铸造的蝈蝈白菜。

骨雕蝈蝈白菜

翡翠蝈蝈白菜

竹皮蝈蝈笼

木棍蝈蝈笼

蝈蝈也是平民百姓的爱宠。卖蝈蝈可能是走街串巷唯一不用亲自吆喝的营生，一辆自行车驮着几百只用高粱秆外皮编织的蝈蝈笼，笼子呈圆形，看上去非常小巧，每个笼子里都有一只碧绿的蝈蝈。几百只蝈蝈的鸣叫传入耳中，自然吸引大人、孩子前来选购。也有用木板和棍做的蝈蝈笼，一个蝈蝈笼打成很多小格子，每个小格子里放一只蝈蝈。到了夏秋之交，您要是在北京的胡同里走过，一准儿能听到各院里传出的蝈蝈声，挂在院里石榴树下、葡萄架上、窗框边、房檐下通风的阴凉处。女人们喜欢把蝈蝈笼挂在屋子里或者院子里听声，男人们则喜欢把蝈蝈笼藏在口袋里，便于随时拿出来把玩，在别人面前炫耀，或者三五人坐在茶馆里喝茶聊天时，拿出各自的蝈蝈互相品鉴一番。在很多街头小店里，有创意的店主会在门口或者店里挂一只精制的蝈蝈笼，让客人在挑选商品的同时，能够欣赏到舒悦的虫鸣声，感受大自然的气息。

## 蝈蝈的长相

蝈蝈属于直翅目剑尾亚目螽斯总科螽斯科，正式名字为优雅蝈螽，此外，还有很多俗名，如蚰子、秋哥、叫哥哥、短翅蝈蝈等。在古代，蝈蝈也叫"蛞蛞"或"聒聒"，这是根据它的鸣声而命名的。蝈蝈最明显的特征就是它那硕大的头部，颜面很长，口器很大又极其锐利，就像长了两排坚硬的牙齿。蝈蝈的触角又细又长，超过了体长，共有30多节。两只复眼虽然小，但圆鼓鼓的，看起来炯炯有神。前胸发达，前胸背板盖住了中胸和后胸，形成了马鞍形的脖项。后足长而健壮，有极强的弹跳能力。蝈蝈的后翅退化，前翅短小，只有身体的三分之一长。就是这对短小的前翅却

"耳朵"

蝈蝈的 "耳朵"

发出了优美的鸣声，当然这是雄蝈蝈的本事，雌蝈蝈就没有这个能力，不过它们好像不需要歌唱，只要听力好就行。它们的"耳朵"长在两个前腿上，凭借自己的好耳力，雌蝈蝈总能找到那个叫声最大、最强壮的雄蝈蝈作为自己的"新郎"。雌蝈蝈的屁股上拖着一个又长又结实的产卵器，长度几乎跟它的体长差不多，怎么看都是个累赘，但传宗接代就全靠它了。

## 蝈蝈的生活

　　蝈蝈属于不完全变态昆虫，一生经过卵、若虫、成虫三个阶段。若虫和成虫在形态上差别不大，只是若虫的体形较小，翅也没有发育完全，性器官也没有发育成熟。蝈蝈一般一年发生1代，以卵越冬，一般在第二年四五月间若虫孵化，经过四次脱皮之后，在六七月份发育为可以鸣叫的成虫。蜕皮时蝈蝈一般头朝下，用3对足抓住小树枝倒挂在灌木丛中。紧接着头胸蜕裂线开裂，头部从蜕裂处钻出来，之后是前足、中足、后足，再之后是长长的触角全部出壳，最后腹部蜕出。整个蜕皮过程很漫长，需要一个多小时。蝈蝈蜕皮之后有吃掉蜕下的皮的习惯，这可能是因为蜕皮消耗的能量太多，需要及时补充体力的原因。成虫的寿命大约80多天。雄蝈蝈在野外基本上都是独居，它们具有很强的领域性，通过鸣声来标记自己的领域，所以喜欢站在灌草丛的高枝上，通过优美的鸣声来吸引雌性个体前来交配。交配完成以后，雌蝈蝈在八九月间把长长的产卵管插入土内开始产卵，一只雌蝈蝈一生可以产250~450粒卵。

蝈蝈的体形比螽斯科其他昆虫要粗壮得多，体长为4~5厘米，体色也有多种，有翠绿色、深绿色、草白色、铁皮色、褐色等。蝈蝈在我国分布很广，遍布大江南北，甘肃、陕西、河南、山西、河北、北京、天津、山东等省（市）是野生蝈蝈的主要分布地。北京的燕山山脉、山东的沂蒙山脉以及山西、河北的太行山脉则是优良蝈蝈的主要产地，市场上秋天售卖的野生蝈蝈大多来自这些地区。北京的蝈蝈主要分布在山区和郊区，平谷和房山一带以盛产黑色大铁蝈蝈著称。因为铁蝈蝈的体色发黑，很像铁皮的颜色，所以也叫铁皮蝈蝈。

蝈蝈属于杂食性昆虫，坚硬的"牙齿"似乎可以咬碎任何植物和小型昆虫，但它更偏向于肉食，喜欢吃各种小昆虫，饥饿时它们也会自相残杀。如此凶猛的吃相为农作物除掉了不少害虫，所以蝈蝈也是可以用于生物防治的天敌昆虫。

蝈蝈的生存跟温度有极大的关系，比如低于25摄氏度蝈蝈就不再鸣叫了，随着天气转凉，到了九月末蝈蝈基本上进入了生命的尾声。所以冬天赏玩的蝈蝈都是人工在室内繁育出来的。清末至民国时期在京津地区冬天玩赏蝈蝈最为流行，不过那时候冬蝈蝈的繁育技术还不是很成熟，所以价格比较高，只有生活殷实的有钱人家才能买得起，现在冬蝈蝈已经成为平民化的鸣虫了，市场上基本上一年四季都有蝈蝈售卖。

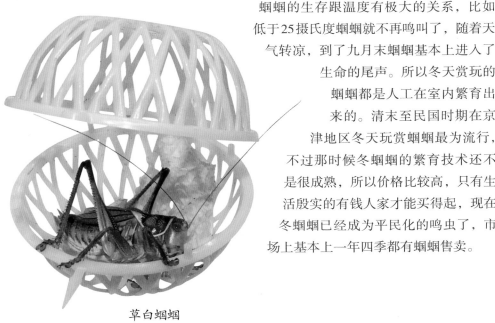

草白蝈蝈

铁蝈蝈

## 🦗 歌声传情

蝈蝈喜欢站在草丛、小灌木的高处引吭高歌。这样的话，它的声音会传得更远、更广，以便吸引更多的雌蝈蝈。蝈蝈的歌声响亮高亢，它们喜欢烈日当头的感觉，而且好像太阳愈大鸣声愈响亮。一只蝈蝈唱歌没有意思，它们喜欢在"歌唱比赛"中让雌蝈蝈发现自己的"才华"，给雌蝈蝈更多的选择机会，所以往往是一只开始鸣叫就会引起其他个体跟着鸣叫，从而形成了田野上的大合唱。

蝈蝈的歌声是通过一对前翅相互摩擦而发出的，有敲击金属的感觉，而且声音响亮，可以传至100~200米远的地方。因此，确切地说它们是在演奏，而不是歌唱。蝈蝈的左前翅覆盖在右前翅上。雄蝈蝈左前翅基部的一条横脉变粗，横脉上有一系列发音齿，特化为音锉，右前翅的后缘基部骨化为刮器，右前翅的基部还有一个透明膜质状的镜膜，是发声的共鸣区。这三个部分组成了蝈蝈的发音器。右前翅上的刮器与左前翅上的发音齿摩擦发出声音，再通过镜膜产生共鸣，扩大声音的强度。蝈蝈在发声时，马鞍形的前胸背板会翘起，双翅也会随着背板的翘起与虫体形成一定的角度，通过双翅的反复开合产生悦耳的鸣声。它们双翅开合的速度非常快，以至于蝈蝈在鸣叫时，双翅看上去是虚化的。

## 🦗 交尾三部曲

雌、雄蝈蝈一生都要经过多次交尾。歌声传情是交尾的第一步，雄蝈蝈用优美的歌声把雌蝈蝈吸引过来以后，双方开始交尾。一旦选中自己的情郎，雌蝈蝈才不会故作矜持，而是主动爬到正在鸣叫的雄蝈蝈的背上，这时候，收获"爱情"的雄蝈蝈随即停止鸣叫，不断调整自己的位置，将外生殖器贴近雌虫腹部末端，然后不断地张缩腹部，排出乳白色精包，挂在雌蝈蝈的生殖器末端。得到了精包的雌蝈蝈随后向前爬动，而雄虫则向后爬动，两者分离，交尾完成。因为雄蝈蝈并没有把精子送入雌蝈蝈的体内，所以交尾结束之后，雌虫还要咬食精包，而精疲力尽的雄蝈蝈则需要休息一段时间恢复体力，再次产生精包。

雄虫的精包由三部分组成，最外层是富含蛋白质等营养成分的精护，里层是精荚，精荚中包着的是精液。交配后雌蝈蝈会寻找一个安全隐蔽的地方，只吃精包，不再取食其他食物。吃精包对雌蝈蝈来说非常重要，首先，在咬食精荚的过程中，可以把精子挤入贮精囊中，这样卵子才能受精；其次，精包的营养成分可以保证她有力气产卵，而且营养成分还可以进入受精卵内，提供后代生长发育的能量。这也是蝈蝈长期进化过程中发展的生存策略，精包的营养不但可以提高雌蝈蝈的产卵率，还可以提高后代的存活率。由于精包堵住了雌蝈蝈的生殖孔，所以只有将精包全部食完，雌蝈蝈才有可能进行下一次的交尾。

雌蝈蝈一般会选择个体较大、鸣声响亮的雄蝈蝈进行交配。但实际上雌蝈蝈的择偶标准并不是体重和体形，而是鸣声。雌蝈蝈会优先与鸣声能量高的雄性进行交配。在雌蝈蝈看来，这种鸣声的雄

精包

雌蝈蝈和精包

蝈蝈才是身强力壮的。身强力壮的雄蝈蝈体重和体形不一定是较大的，但产生的精包却是最大的。雌蝈蝈取食较大的精包后，受精卵获得了更多的营养，所以后代成虫的个体也会较大，体重也会较重，质量也会更好，在与同性的竞争中获胜的概率更高，更有机会延续自己的基因。

## 昆虫鸣声分类学

蝈蝈只是螽斯科的一个种，而螽斯是螽斯科昆虫的统称。螽斯属于世界性分布，尤以热带和亚热带地区为多。全世界已知螽斯种类7000余种，我国已知110多属400余种。螽斯的体形通常为中型至大型，较粗壮。触角丝状，超过体长。前足胫节基部有听器，后足腿节发达，有4节跗节。雄性前翅具有发音器。雌性的产卵器发达，呈剑状，有6个产卵瓣。

螽斯的种内通信主要依靠鸣声来完成，雄虫的鸣声对同种的雌虫有极大的吸引力，能诱导雌虫朝着自己快速运动。螽斯的鸣声与系统发育和物种分化有着密切的关系。螽斯的鸣声特征稳定，既具有科和属的共性，又具有种间的特异性。鸣声特征的差异性在辨识形态上难以区别的物种方面具有重要的意义，尤其是对于疑难种和近缘种的辨识。因此，鸣声特征可以在螽斯科昆虫传统分类的基础上起到辅助鉴定的作用。早在19世纪，一些学者就已经借助昆虫的鸣声特征进行物种鉴定，并提出了一门新的交叉学科——昆虫鸣声分类学，之后不断有学者对昆虫的鸣声进行研究，并将其作为一项分类鉴定特征。目前，利用鸣声特征进行种类鉴定已成为分类学上的一种手段，随着昆虫声学的迅速发展，这种鉴定手段会更加准确而便捷。

螽斯科昆虫在物种分化的过程中，发音器的结构也发生了分化，因此在种间区分鉴定中，发音器的结构也可以作为一项分类特征。螽斯发音器结构在种内具有稳定性，相同环境条件下个体间差异极小，几乎可以忽略不计。螽斯的音锉虽然都属于长条状，但不同的种类音锉的弯曲度有差异，其上发音齿的数目、形状、长宽比以及齿的排列方式也有差别。同一属的螽斯音锉和发音齿的属性均有相似之处，比如，蝈螽属的音锉上的一排发音齿，分布在两端的发音齿较小，而且齿间距较短，而在中部的发音齿较大，且齿间距较长。同一属的螽斯，其镜膜的属性也有相似之处，比如草螽属的镜膜比较薄透，华绿螽属的镜膜较厚且不透明。

昆虫鸣声研究不仅可以在相似种和近缘种方面起到鉴别作用，还能识别同种昆虫不同地理种群的分化程度。昆虫也有"方言"，不同地理种群不仅形态特征出现了分化，雄虫的鸣声特征也发生了不同程度的分化。鸣声特征的分化也许会推动地方种群的分化甚至地理亚种的产生。


## 蝈蝈笼

蝈蝈文化源远流长，在上至帝王将相，下至黎民百姓，全民赏玩蝈蝈的过程中，也相应地出现了材质多种多样、造型五花八门的蝈蝈笼。

民间所用的蝈蝈笼基本上是用草茎、麦秆、高粱秆皮和竹皮编制的，这些材料在农村随处可见，而且制作简单，也不需要其他工具，做成的笼子精巧别致，主要是圆形和塔形。麦收季节正是蝈蝈在田间叫个没完的季节，忙碌收麦的人们在短暂的休憩之时还会利用身边现成的麦秆编一个蝈蝈笼。当然也有专门编制这些蝈蝈笼卖钱的。另外还用有木棍所做的蝈蝈笼，这个需要简单的工具，将木材加工成需要的粗细和长度，还需要利用榫卯原理将木棍安装好。这种蝈蝈笼一般都做得比较大，有的还做成了上下两层，可以同时放两只蝈蝈，造型很像一座房子，甚至精制到有各种造型不同的房檐。

此外，还有利用玻璃、陶土、金属、贝壳，甚至金银制成的各种造型的蝈蝈笼。饲养蝈蝈的器物也给蝈蝈的玩赏增色不少，可以说，蝈蝈笼也是蝈蝈文化的一种体现，甚至欣赏蝈蝈笼也成了玩赏蝈蝈的一部分。

蝈蝈葫芦是饲养蝈蝈的最佳虫具之一，历史悠久，文字记载可追溯到唐、宋时期，盛于明清，一直流传至今。北方冬天天气较冷，葫芦保暖性较好，只在盖上留出通气的小孔即可，很适合冬天饲养蝈蝈。葫芦的形状多种多样，有圆形、棒子形、柳叶形、鸡心形、奶瓶形……有些葫芦是天然长成之后由人工挑选出来的，有些葫芦是通过模具先做出一个形状，在葫芦刚长出来时就把它放在模具里面，最后长成模具的样子。葫芦选出来以后，还要在葫芦上绘制一些吉祥、漂亮的图案，比如花鸟虫鱼、山水园林等，最奇妙的莫过于在葫芦上绘制蝈蝈图案，可谓内外呼应，相得益彰。

亭楼式双层蝈蝈笼

蝈蝈葫芦

吱拉子

## 极像蝈蝈的吱拉子

蝈蝈是全民的爱宠，不用看身形，只要听见那种金属般"聒、聒、聒"的声音，就知道是它。不过有一种螽斯跟蝈蝈长得极为相似，一般人很难将它们分清，它就是吱拉子。这个名字看起来也是根据它的鸣声谐音出来的。确实，吱拉子的鸣声没有蝈蝈的好听，没有一点清脆的金属之声，也没有寓意好的谐音，只有低沉的带着杂音的"吱拉吱拉……"声。所以，没有多少人喜欢吱拉子。

其实，吱拉子虽然跟蝈蝈长得很像，但还是有明显区别的。吱拉子的翅要比蝈蝈长很多，基本上都超过了腹部。所以忽略其他特征，只要观察它们的翅就能分清蝈蝈和吱拉子。

吱拉子又名暗褐蝈螽，因为它的翅比蝈蝈长，所以也叫长翅蝈蝈。翅长有利于飞行，所以又叫飞蝈蝈。吱拉子在我国各地广泛分布，尤其是北方居多。在北方，因为吱啦子比蝈蝈出现得早，一般在初夏就会大量发声，也算是自然界最早的虫鸣声。虽然吱拉子的叫声细直而单调，但在其他鸣虫还没有出现的时候，它的鸣声还是可以愉悦到忙碌的人们。

# 诗经里的
# 蝤蛴

硕人其颀〔qí〕，衣锦褧〔jiǒng〕衣。齐侯之子，卫侯之妻。东宫之妹，邢侯之姨，谭公维私。

手如柔荑〔tí〕，肤如凝脂，领如蝤蛴〔qiú qí〕，齿如瓠犀〔hù xī〕，螓〔qín〕首蛾眉，巧笑倩兮，美目盼兮。

硕人敖敖〔shuì〕，说于农郊。四牡有骄，朱幩镳镳〔fén biāo〕，翟茀〔dí fú〕以朝。大夫夙退，无使君劳。

河水洋洋，北流活活〔guō〕。施罛濊濊〔gū huò〕，鳣鲔发发〔zhān wěi pō〕。葭菼揭〔jiā tǎn〕揭，庶姜孽孽〔niè〕，庶士有朅〔qiè〕。

———《诗经·卫风·硕人》

　　《诗经·卫风·硕人》是一首赞美卫庄公夫人庄姜的诗歌。在形容其极致的美貌时，用了"手如柔荑，肤如凝脂，领如蝤蛴，齿如瓠犀，螓首蛾眉，巧笑倩兮，美目盼兮"。这个绝世美女的手像柔荑一样柔软，皮肤如凝脂一般白润，脖子像蝤蛴一样白嫩，牙齿若瓠子一样齐整，额角丰满，眉毛细长，嫣然一笑，秋波流转。原来古人是用蝤蛴这种昆虫来形容女子的脖颈美的。

　　美人的脖颈像蝤蛴一样美，那么蝤蛴到底是哪种昆虫？蝤蛴真的有细、嫩、白、润的感觉吗？在蝤蛴身上能找到"白皙秀颀""玉颈生香"的美感吗？

　　关于"蝤蛴"为何种昆虫，历代诗注中有两种说法尚比较可信，一种是天牛幼虫，一种是蛴螬。因为这两种昆虫长得有点像，都很白净柔软，也许古人把这两种昆虫混为一谈了。陈藏器《本草

天牛幼虫

拾遗》："蝤蛴，木蠹。一如蝎蟧，节长足短，生腐木中，穿木如锥刀，至春羽化为天牛。"认为蝤蛴是天牛的幼虫。《尔雅·释虫》郭注："在粪土中。"认为蝤蛴就是蝎蟧——金龟子的幼虫。

那么天牛和金龟子以及它们的幼虫都长什么样子？它们之间有什么区别？

## 既相似又不同

先说成虫，天牛和金龟子都属于鞘翅目的昆虫，天牛指的是鞘翅目天牛科的全体成员，金龟子指的是鞘翅目金龟总科的全体成员。它们的前翅都特化为硬硬的鞘翅，可以很好地保护自己，后翅仍然为膜质。

再看幼虫。天牛幼虫为长圆形，大部分种类的幼虫身体比较粗肥，少数种类身形细长，体壁柔软，体节多皱，头部常缩入前胸背板里，我们几乎看不见它的头部。难怪法布尔先生这样说："它就像是蠕动的小肠。每年的这个时节，我都能看见两种不同年龄的它，有一根手指粗的是年长的幼虫，粉笔大小的是年幼的。"天牛幼虫的身体大多为乳白色，但也有一些是发黄的，不是那么白。它们常年生活在树洞里，不见天日。

金龟子的幼虫蝎蟧身体肥大，尤其是3龄幼虫，简直就是一个大肉虫子！现代人觉得它太"胖"了，会有一种不适的感觉。蝎蟧

蛴螬

的身体常弯曲呈"C"形，但皮肤白皙，光滑透亮。蛴螬基本上都生活在地下，如果你在田间拿一把铁锹翻土，没准翻不了几下，就会看见这种肉乎乎的"C"形虫。也有一些蛴螬生活在动物的粪便里，粪便既提供了它们居所，又提供了几乎吃不完的食物。

这两类昆虫的幼虫虽然长相有点相似，不过它们的生活环境却完全不同，一个生活在树洞里面，一个生活在粪土中。如果要找蛴螬，翻翻土就可以了，但如果要找天牛幼虫，那就得劈开树干或者树枝了。这样看来，天牛幼虫倒不是很容易见到。我们的古人喜欢丰满，把丰满作为衡量美女的一个标志，《诗经·卫风·硕人》中，"硕"就是丰满的意思。估计古人对于脖子细一点或者粗一点并不是很在乎，应该更在乎的是脖子的洁白、光滑和圆润吧。不过，在那个时代，做饭、取暖是需要劈柴的，所以人们看到天牛幼虫的机会也是常有的。也许这两种昆虫我们的先民都见过，只是因为长得像，可能就把它们当成一回事了。所以，蝤蛴在当时可能既包括天牛幼虫，又包括金龟子幼虫蛴螬。

## 🐛 天牛

天牛，也被称为空中之"牛"，因为力大如牛，又善于在天空中飞翔而得名。天牛还有其他的名字，我国南方称之为"水牯牛"，北方称之为"春牛儿"。天牛的触角着生在额的突起上，这个位置也称触角基瘤，也因为如此，触角可以自由转动并向后弯曲，甚至可以

桑天牛

覆盖于天牛的体背上。很多天牛的触角都很长，有些种类的触角甚至达到了体长的4~5倍，因此又被称为"长角甲虫"。天牛的复眼也很有特色，形状像动物的肾，肾形复眼环绕于触角基部，少数种类复眼中部缢缩很深，分成上下两叶，看上去像是有两只复眼。肾形复眼是天牛科与鞘翅目其他科的区别特征。天牛科是鞘翅目昆虫中形态变异最具多样性的类群之一。种类不同，天牛的体形大小差异极大，最大的体长可达11厘米，而最小的仅0.4~0.5厘米。天牛以色彩美丽著称，身体上大多具有金属的光泽，但也有一些种类呈棕褐色，或以花斑排列，和树干的颜色相像，从而具有隐匿色或保护色的作用。此外，它们还被有各种绒毛、刺、瘤突及隆起来装饰自己。

天牛种类很多，全世界已超过45000种，我国有3600种，绝大多数天牛取食植物，部分种类是林木的重要害虫，严重为害果树和观赏类树木，少数种类为害农作物，而大多数种类与其寄主植物形成了协同进化的关系，在自然生态系统中具有重要的生态价值。

## 🐛 努力制造下一代

雌雄天牛是通过性信息素或聚集信息素找到对方的，但雌雄天牛在追求爱情的道路上是平等的，有些种类的天牛是雌性追求雄性，有些种类的天牛是雄性追求雌性。雌性追求雄性时，雄性往往静止不动，触角向前伸展，这时雌性天牛会主动用其触角去触碰雄性触角，然后离开，并在雄虫周围活动，然后再去触碰，再离开，直到雄性兴奋起来。雄性追求雌性时，雌性往往非常被动，而雄性表现得极为活跃，不断地触碰、轻拍、摩擦雌性的触角和身体，直到雌性产生兴奋。如果雌性一直对雄性没有兴趣，那么有些性子急躁的雄性就会采取暴力措施，不断地撕扯雌性触角或者附肢，强迫雌性进行交配。

天牛属于雌雄多配昆虫，雄雌天牛在一生中会分别与多个异性进行交配。多配现象对雌雄两性都是有利的，雄性与更多的雌性交配，那么它就会产生更多的后代，从而将自己的基因传给更多的下一代。对雌性来说，与更多的雄性交配，获得优秀精子的概率就更高，从而提高它获得优秀雄性基因的可能性。在自然界中，雄性往往占据着更多的主动权，所以，在交配完成后，一些种类的雄性天牛还会对雌虫进行看护，防止其他雄性接近，云斑天牛、光肩星天牛、栗山天牛、青杨脊虎天牛等种类都有这种保护行为，为的是尽量减少其他雄性的授精机会，保证雌性产下自己的后代。所以在交尾完成后，雄性仍然趴在雌虫体背上，有的雄性会将头部转向雌性的腹部加以保护。

为了能有自己的下一代，所有的雄性天牛都会拼尽全力。雌雄多配现象必然会引起交配资源的竞争，竞争常发生在雄性之间，而雌性之间基本上能够和平相处。体形较大的雄性天牛往往在这场争

桃红颈天牛

长臂彩虹天牛

斗中占据优势。而雌性天牛也更愿意接受体形较大的雄性而拒绝体形较小的雄性。因此，在同种雄性天牛中，体形相对较小的个体繁殖成功率普遍低于体形较大的个体。但体形较小的雄性天牛也没有从此"认命"，它们选择不与体形较大的雄性天牛竞争，而是寻找落单的雌性天牛。它们的嗅觉比体形较大的雄性天牛要灵敏得多，找到雌性天牛的机会更多，然后它们会悄悄埋伏在雌性天牛的栖息地边缘，伺机接近。

## 🐛 树洞生活

天牛的幼虫是在树洞里生活的，一直到羽化为成虫才钻出树干。生活史的长短依据不同的种类有所差异，有1年1代的，也有1年2代的，还有2~3年1代的，甚至还有4~5年完成1代的。

雌雄天牛交配以后，雌天牛就将产卵管插入树皮缝隙内产卵，有些种类的天牛，比如沟胫天牛，雌成虫在产卵之前要先用上颚咬

| 幼虫 | 蛹 | 成虫 |

松墨天牛

破树皮，然后再将产卵管插入。当卵孵化以后，1龄幼虫即蛀入树干，最初在树皮下取食，经过一段时间后就会深入到木质部。幼虫在树干或枝条内蛀食，用它那强而有力的咀嚼式口器不断咬噬木质，挖出各种"隧道"。在合适的距离内它还会往上蛀食，在树皮上开个口作为自己的通气孔，同时把排泄物和木屑都推到树皮外。幼虫老熟后会在树中凿出长4厘米左右、宽2~3厘米的比较宽阔的蛹室，两端以纤维和木屑堵塞，然后在其中化蛹。老熟幼虫还要凿出直通表皮的圆形羽化孔。

在遇到敌害或者需要同伴时，天牛的幼虫也能发出警告或者聚集声响，它们利用前胸背板和臀板这两个比较硬化的部位相互摩擦发出声响，也会用硬化部位敲击树干里的"隧道"壁发出声响。

天牛的越冬虫态有两种，一般是以幼虫在树洞里越冬，等翌年气温升至15摄氏度以上时便开始化蛹，蛹一般要经过20~30天羽化为成虫。也有成虫在树洞里越冬的，就是上一年的蛹羽化为成虫之后，因为天气太冷，成虫便在蛹室内越冬，到第二年春夏气候回暖时才钻出树皮。越冬成虫因为要经过一个漫长的冬季，所以寿命较长，最长可达7~8个月，不经过越冬的成虫，寿命一般为10天至2个月。

## 🐞 金龟子

金龟子俗称金壳郎、铜壳郎、瞎碰子等。它的触角很有特点，端部的第三至八节变形并向外延伸，有的呈栉状，有的呈鳃片状。

这也是金龟子与其他鞘翅类的主要区别特征，所以金龟子也被称为鳃角类昆虫。金龟子是鞘翅目中最为庞大的家族之一，全世界金龟子种类3.5万多种，我国记录的有1800多种。

金龟子种类繁多，分类一直在完善，目前公认的分类方法是这样的：根据成虫腹部气门的位置将金龟总科分为侧气门系和上气门系两大类。侧气门系是指金龟子腹部的气门位于背板和腹板间的连膜上，而且所有气门都被鞘翅所覆盖，整个臀板或者至少臀板上部被鞘翅所覆盖而不外露；食性为粪食性或者腐食性，包括黑蜣科、拟锹甲科、锹甲科、粪金龟科、皮金龟科、红金龟科、驼金龟科、蜉金龟科、金龟科。上气门系是指腹部气门（至少腹部后方的几对气门）位于腹板的侧上方，并且至少有一对气门露在鞘翅之外，而且臀板全部外露；食性为植食性，包括绒毛金龟科、鳃金龟科、臂金龟科、犀金龟科、丽金龟科、花金龟科、斑金龟科、胖金龟科。

大王花金龟

## 蛴螬的地下生活

蛴螬别名白土蚕、核桃虫，共有3个龄期，1龄及2龄龄期较短，个头也较小，食量也不大，而第3龄龄期最长，而且体形、体重和食量都大增。以老熟幼虫在土壤中越冬。蛴螬的整个幼虫期都在地下生活，一般1年1代，如暗黑鳃金龟、铜绿丽金龟；也有2~3年1代，如大黑鳃金龟等；甚至还有5~6年才完成1代的，如大栗鳃金龟。

蛴螬是重要的地下害虫之一，也是地下害虫中种类最多、分布最广、为害最严重的一个类群。它主要取食植物的种子、幼苗，咬断植物的根茎，蛀食植物的块根、块茎等，造成的伤口会引起病菌的感染，产生软腐病等病害，严重的可使幼苗枯萎而死。特别是丽金龟科的蛴螬，如铜绿丽金龟、庭院丽金龟、苹毛丽金龟等，它们属于暴食性种类，不但能在短时间内大量取食，而且为害时间长，为害面积广。其蛴螬的成虫金龟子属于地上害虫，主要为害植物的叶片、嫩芽、花蕾等。而粪食性和腐食性的金龟子如屎壳郎、粪金龟、蜉金龟等，其蛴螬以动物粪便或者腐烂木质为食，其成虫的食性与幼虫类似，所以它们都不为害植物。

## 大自然的清洁工

粪金龟又名屎壳郎、蜣螂、推粪虫，属于金龟总科粪金龟科。种类很多，全世界已知大约有20000种。它们的体形大小相差悬殊，最大的像一个乒乓球，而小的只有纽扣般大小。

粪金龟被称为大自然的清洁工，它们以哺乳动物的粪便为食，对维持生态平衡、保护环境具有重要意义，尤其是在放牧生态系统的物质循环中具有重要作用。试想，如果地球上没有屎壳郎来处理动物的粪便，那么我们的地球，特别是牧区，将会是一个什么样的情景！

粪金龟的嗅觉非常灵敏，它们总能闻到动物粪便的味道，然后寻味而去，孜孜不倦地推粪球、埋粪球，它们似乎就是为处理粪便而生。当"夫妻二人"齐心协力把粪球推到挖好的土坑里面并埋好以后，雌性粪金龟就会把卵产在粪球里，卵孵化为蛴螬，在粪球里慢慢长大，1龄、2龄、3龄，也在不断地消耗着动物的粪便，直到

屎壳郎推粪球

象粪巨蜣螂

化蛹，粪便也基本上处理完了。之后蛹再羽化为成虫，继续寻找要处理的粪便……象粪巨蜣螂是世界上体形最大的一种粪金龟，主要生活在大象的粪便中，一生都在埋头苦干，为地球处理着大象的粪便，而大象的粪便也为它和它的宝宝提供了可口的食物。事实上，会推粪球的粪金龟是很少数种类，大部分种类都不推粪球，而是直接进入动物的粪便中生活。

粪金龟对粪便具有旺盛的食欲，这与其消化功能是分不开的。它们消化粪便靠的是自身合成的一种消化酶，这种消化酶能将粪便转化为它们身体所需的蛋白质，从而将粪便变废为宝。科学家认为，如果能够将粪金龟体内的消化酶通过基因工程生产出来，直接用于牛羊等牲畜的粪便的处理上，使它们的粪便在这种消化酶的作用下直接转变为蛋白质，那么牧场上的粪堆就无需由屎壳郎来清理了，甚至还可以产生一种新的生物资源呢。

## 药用蛴螬

蛴螬作为药用昆虫，首次收载于《神农本草经》，其后历代典籍如《名医别录》《金匮要略》《本草纲目》等多有收载，药用蛴螬为东北大黑鳃金龟 *Holotrichia diomphalia* 及同属近缘昆虫的干燥幼虫体。可以治疗破伤风、目中翳障、小儿丹毒等。另外，也有关于蛴螬用于活血化瘀的记载。蛴螬在中医临床中有着悠久的应用历史，其入药的组方在多种医药典籍中均有记载，历代民间均有应用，蛴螬在抗肿瘤和治疗肝病方面有很大的开发前景。近年来，人们对蛴螬化学成分的研究也有了新进展，从蛴螬提取物分离出含氮类化合物、有机酸类化合物和甾体类化合物。在药理学方面，蛴螬提取物具有抗肿瘤、治疗口疮和眼部疾病等多种生物活性，是一种极具研究和开发价值的动物药。

在野外生存状态下的蛴螬可以生吃，并无异味，能够很好地补充身体所需蛋白。蛴螬也可以油煎，蛴螬用清水冲洗后沥干水分，直接放入滚油内，几秒钟就可捞出，香味浓郁，营养丰富。

## 观赏甲虫

多姿多彩的昆虫是大自然馈赠给我们的宝贵财富，奇异的造型、多变的斑纹、不同的质地、华丽的造型、靓丽的光泽、美妙的歌声，给人一种美的享受，这就是观赏昆虫的魅力。在这些各领风骚的观赏昆虫中，甲虫算是独特的一类，昆虫纲中只有甲虫的前翅特化为硬硬的鞘翅，而且还有很多甲虫的身体会闪着奇异的金属光泽，有的甲虫身体上会长出一些奇形怪状的犄角、脊瘤，还有一些甲虫的触角长出很多奇怪的形状，鳃片状、锯齿状、叶片状、念珠状、枝

长戟大兜虫

短毛斑金龟

状等。在这些甲虫中，金龟类和天牛类都最惹人喜爱的观赏昆虫。

犀金龟科也称独角仙科，是一类特征鲜明的金龟类昆虫，多为大型至特大型种类，全身有着坚硬的外壳，是最受欢迎的观赏类甲虫。雄虫的头部和胸部都长有长角，有的长角比身体还要长，有些长角上还有分叉，很像鹿角。这种奇特的造型具有很高的观赏价值，其中名气最大的犀金龟科甲虫要属独角仙、长戟大兜虫、战神大兜虫、毛象大兜虫了。

长戟大兜虫是世界上最长的甲虫，现已记载的体长最长为184毫米，也是全世界体形最大的甲虫之一。雄虫前胸背板为黑色，但鞘翅具有蓝色或绿色等几种不同的色彩，上面还点缀着不规则的黑色斑点，雄虫的头部和胸部背板各向前方伸出一长长的角，上面还有几个齿状突起，极为壮观。双叉犀金龟虽然没有长戟大兜虫那么大，但也属于大型肥硕类，整个身体黝黑铮亮，雄虫头部长有一个末端双分叉的角，同时前胸背板中央也长有一个末端分叉的角，看起来威武雄壮。不过犀金龟属于雌雄异型昆虫，雌虫的长相就不敢恭维了，不但色泽发暗，也没有好看的角突。

花金龟也是一类非常漂亮的观赏昆虫，体形中到大型，但体色多变，有古铜色、铜红色、铜绿色、紫黑色、草绿色、黑红色等，并且闪耀着明艳的金属光泽，身体表面镶嵌各种不同形状的刻纹、花斑等，贵气而华丽。

# 诗经里的
# 蝇

鸡既鸣矣，朝既盈矣。匪鸡则鸣，苍蝇之声。

东方明矣，朝既昌矣。匪东方则明，月出之光。

虫飞薨薨（hōng），甘与子同梦。会且归矣，无庶予子憎（shù）。

——《诗经·齐风·鸡鸣》

营营青蝇，止于樊（fán）。岂弟君子（kǎi tì），无信谗言（chán）。

营营青蝇，止于棘（jí）。谗人罔极（wǎng），交乱四国。

营营青蝇，止于榛（zhēn）。谗人罔极，构我二人。

——《诗经·小雅·青蝇》

　　苍蝇似乎一直跟我们生活在一起。夏日里除了炎热让人烦躁不安，就是嗡嗡嘤嘤在你耳边飞舞的苍蝇让人反感，它们似乎能闻到人的气味，只要你和它们同处一室，它们就会很快找到你，然后不停地在你的衣服上、手臂上，甚至脸上爬来爬去，让人心神不宁。如果家里有苍蝇，那你就别想好好睡觉了，它们虽不会像蚊子一样蜇你并吸你的血，但它们会舔你任何裸露在外的皮肤，你不会疼，但会觉得有点痒，进而觉得膈应，因为它们会到处舔食，垃圾、粪便、腐烂的尸体等不管多脏的地方都有它们的身影。

　　其实，苍蝇并不是伴随人类而生的，它们比人类出现的要早得多。据化石考证，早在2.6亿年以前，苍蝇就已经在那个时代的动物粪便中快乐地生活了。但自从我们人类出现以后，这些讨厌的昆虫就跟我们形影不离了。

离眼 　　　　　　　　　　　　　　　　　　　接眼

其实古人已对苍蝇的习性有所了解，所以才有了无头苍蝇、如蝇逐臭、苍蝇见血、苍蝇附骥、蝇营狗苟等成语，这些成语都是借苍蝇的习性对某些人和事进行讽刺和挖苦。《诗经·齐风·鸡鸣》中写道："鸡既鸣矣，朝既盈矣。匪鸡则鸣，苍蝇之声。"是说贤妃一早就跟皇上说，公鸡都喔喔叫了，该起床上朝了，而皇帝不想早起，却说那不是公鸡在叫，而是苍蝇的嗡嗡声。《诗经·小雅·青蝇》把专进谗言的人比作苍蝇，将嗡嗡的苍蝇之音比作那些可恶至极的谗言之声，借苍蝇斥责小人拨弄是非、陷害忠良，讽刺统治者听信谗言、祸国殃民。而用来比喻某些人不顾廉耻、到处钻营的成语"蝇营狗苟"中，"蝇营"正是取自《诗经·小雅·青蝇》中的"营营青蝇"，再加上后面的"狗苟"二字，堪称神来之笔，更加生动地比喻了那些像苍蝇一样追腥逐臭、像狗一样苟且钻营、为了追逐名利不择手段的人。

## 🌸 短暂的一生

蝇类因种类不同，体形有所差异，一般为6~14毫米，全身有鬃毛，体色多样，头部近似半球形，这是因为一对复眼占据了头部的大半部分。眼的距离是识别雌、雄蝇的标志。雄蝇的复眼通常比雌蝇的大，并且两个复眼在头部背面相接，称为接眼；雌蝇的复眼则相分离，称为离眼。

蝇是完全变态的昆虫，一生可分为卵、幼虫、蛹、成虫几个时期。寿命只有短短的1个月左右。它们在羽化后1~2天即可进行交配，一生只需交配一次，就足以让雌蝇储存足够的受精卵。雌蝇通常在白天产卵，一只雌蝇一生可产卵4~76次，每次产卵40~100粒，产卵期25天左右。

卵产下后约1天就可孵化出白白的、小小的幼虫——蝇蛆，前尖后钝，无足无眼，头部大部分缩入胸部之内，被称为伪头。蝇蛆共3个龄期，幼虫期为3~6天。从卵中孵化出的幼虫为1龄幼虫，体长1.5~3毫米，1龄幼虫经过生长发育蜕皮后成为2龄幼虫，2龄幼虫再经一次蜕皮成为3龄幼虫，体长8~10毫米。在生长过程中，各种器官在不断完善，体表纹理、刺、脊和疣突逐渐出现和突出。蝇蛆非常活跃，喜欢潜伏在食物表层下几厘米的地方取食。3龄幼虫老熟后，就爬到附近的疏松泥土等较干的环境中化蛹。若食物表层干燥，它也可以在食物的表层化蛹。蛹期3~7天。

蛹为围蛹，老熟幼虫表皮皱缩，形成围蛹壳，蛹被包在蛹壳中，蛹与壳彼此分开，并不贴连。蛹壳的颜色根据化蛹时间的长短由淡变深，最后变为棕色或者暗褐色，有时略呈金属光泽。蛹经过几天的发育之后，在围蛹前端呈环形裂开，成虫从裂开处钻出，然后交配、产卵。

## 🐛 神奇的脚

我们常见的苍蝇有一个很大的本领，就是能在墙壁上、天花板上行走自如，甚至在垂直的玻璃面都能自由爬行，即使倒悬在上面也不会掉落下来。这得归功于其脚上的神器。苍蝇6只脚的末端各有一对钩爪，在爪的基部还有一个爪垫盘。钩爪像一个尖利的钩子一样，很容易钩住物体，脚抬时又可以自动松开物体。爪垫盘上不但有腺体，还有很多像刷子一样的细茸毛。当它在玻璃上走动时，爪垫盘上的腺体会分泌出一种由中性脂质构成的液体，这种液体有

玻璃上的苍蝇

黏附作用，不但湿润了细茸毛，还将茸毛和玻璃粘在一起。爪垫盘是一个袋状结构，内部充血，下面凹陷，其作用犹如一个真空杯，便于苍蝇脚吸附在光滑的表面上或倒悬其上。

　　苍蝇在停歇的时候总是四只中后脚站立，而两只前脚一直在搓来搓去，有时还会用两只前脚搓它的头部。难怪在过去很长一段时间，人们都认为苍蝇有四条腿和两只"胳膊"。苍蝇的味觉器官并没有长在头部，而是长在了脚上。苍蝇到处活动，每找到一处食物，都会先用脚来品尝一下味道，然后再用嘴来吃，所以脚上会沾上很多食物残渣。为了保持灵敏的味觉，它们必须把脚上的黏附物清理干净，所以停歇的时候两只前脚就忙着搓来搓去。一旦清理干净，它们就立即动身寻找新的食物。有时苍蝇也会用前足清理头部，这是为了轻装上阵，毕竟飞行的时候还是身子轻一点比较好。

## 卫生害虫

　　苍蝇的进食方式简直"令人作呕"，它们采用的是"体外消化"的方式。苍蝇吃食时，总是先在食物上吐一口唾液，等唾液将食物溶解并转化成营养物质后，再伸出吸管饱吸一顿。而吃完以后很快

追腐逐臭

就会排泄。在食物较为丰富的地方，苍蝇每分钟要排便4~5次。所以苍蝇的吃饭方法是：一边吐，一边吃，一边拉。

苍蝇在食物上边吃、边吐、边排便的恶习，会对食物造成严重污染。不但如此，苍蝇只要在人类的食品或用品上稍稍停留，就不知要留下多少个细菌。研究表明：一只苍蝇体表通常携带的细菌多达1700万个至5亿个，体内携带的细菌更多。目前已知苍蝇身上携带的病菌共有60多种，可传播的疾病多达几十种，其中常见的有痢疾、伤寒、甲型肝炎、急性胃肠炎、蛔虫、霍乱等。

自史前到现在，昏睡病就一直笼罩着非洲。昏睡病是由生活在非洲的采采蝇传播的一种锥虫病。采采蝇是少数具有刺吸式口器的吸血蝇类，以人和动物的血液为食。昏睡病是由寄生在人体血液中的锥虫引起的。当采采蝇吸了昏睡病人的血液之后，锥虫便会随着血液进入采采蝇的肠内，并进行大量繁殖，之后再转移到其口部，并进入唾液腺内。待采采蝇再次叮人时，锥虫便随其唾液进入其他人体内，进而引起昏睡并导致死亡。

除了成虫，很多种类的苍蝇幼虫也会给人和动物造成很大的伤害。幼虫作为寄生虫，寄生在人和动物的皮肤、伤口或某些器官中，引起多种蝇蛆病，如皮肤蝇蛆病、眼蝇蛆病、胃肠道蝇蛆病、泌尿生殖道蝇蛆病、创伤蝇蛆病以及耳、鼻、咽和口腔蝇蛆病等。

## 🌺 欺骗蝇类的植物

蝇类的嗅觉非常灵敏，能够嗅到远在几千米外的气味。敏锐的嗅觉使得它们几乎能找到任何可以填饱肚子的"食物"。这便给有些聪明的植物提供了欺骗它们的契机。

有些植物的花，如海芋科植物，会散发出腐败尸体的怪味，这些味道正合了某些蝇类的口味。这些花不但闻起来像是动物尸体的味道，而且花瓣的颜色也模仿了肉的颜色，常被浓密毛发覆盖。蝇来到花上爬来爬去寻找食物，无意中给这些花进行了授粉，但其后代的命运却有点惨，如果蝇在花上产卵，当幼虫孵出以后，可能会由于没有食物而饿死。大多数腐臭的花只是诱骗昆虫来授粉，并没有像虫媒植物那样会用足够的花蜜来回报传粉昆虫。

食虫植物会利用甜蜜的气味来诱骗昆虫，不但如此，它的捕虫器上还布满了蜜腺，分泌出很多香蜜。只可惜寻味而来的昆虫在大肆享受食物的时候，却不知道自己正一步一步走向陷阱。有些蝇会被捕蝇草的夹子夹住，有些蝇类会掉进瓶子草的瓶子里，有些蝇会被茅膏菜的黏液粘住……这些食虫植物就像动物一样会分泌消化液，将这些掉入陷阱的蝇类一一消化并吸收其营养。

瓶子草上的苍蝇

## 🌺 蝇不都是令人讨厌的

苍蝇属于双翅目环列亚目，环裂亚目的昆虫统称为蝇类，共有31科，包括蝇科、麻蝇科、丽蝇科、寄蝇科、花蝇科、蚤蝇科、厕蝇科、果蝇科、舌蝇科、狂蝇科、食蚜蝇科、实蝇科、潜蝇科、秆蝇科等。

最常见的蝇类就是经常骚扰我们的那些苍蝇。它们经常出没于人类活动的区域，是猪场、家禽场、马厩和牧场中最常见的卫生害虫。它们通常出现在建筑物的门窗和天花板上，这些休息场所离它们白天喜欢觅食和繁殖的区域很近，并且避风。这些苍蝇包括蝇科、丽蝇科、麻蝇科、舌蝇科等蝇类，它们常传播伤寒、痢疾、昏睡症等人畜共患病，属于卫生害虫。正是这些蝇类让我们对苍蝇有了很大的偏见。蝇科昆虫体色暗灰，主要在人类居室内活动，《诗经·齐风·鸡鸣》中在居室听见的"苍蝇之声"应该就是蝇科昆虫飞行时发出的声音。《诗经·小雅·青蝇》中的青蝇，止于"樊、棘、榛"等居室以外的篱笆和树木上，是在室外活动的具青绿金属光泽的丽蝇科昆虫。另外，花蝇科、实蝇科、潜蝇科、秆蝇科等蝇类幼虫侵食为害农作物、林果花木等，属于农林业害虫。

其实蝇不都是令人讨厌的，有些蝇类还是益虫呢。

食蚜蝇科、寄蝇科等蝇类是传粉昆虫。食蚜蝇是一类比较漂亮的蝇，黄黑相间的条纹很像蜜蜂，食蚜蝇成虫就像蜜蜂一样在花间飞舞，很多人都以为它们是蜜蜂。它们喜欢吸蜜，并为植物传粉。

食蚜蝇

寄蝇

食蚜蝇的幼虫是蚜虫、介壳虫、粉虱、叶蝉等昆虫的重要天敌，但主食蚜虫，故由此得名。寄蝇科也是一类重要的访花传粉昆虫，我国常见的传粉寄蝇科昆虫共有119种。甚至有一种兰花会模仿雌性寄蝇的形态，并散发气味引诱雄性寄蝇，等雄性寄蝇试图与假雌性寄蝇交配时，就给兰花传粉了。寄蝇科幼虫是稻苞虫、稻纵卷叶螟、地老虎等农业害虫的寄生性天敌，为农作物的生产保驾护航。

## 飞行高手

蝇类飞行主要是为了寻找食物和产卵地。它们的飞行能力很强，常在空中飞舞，除了通常的向前飞行外，有些蝇类还能在空中悬停或向后飞行，或突然作直线高速飞行。这得益于它们有一对利于飞行的轻薄的膜质翅。蝇类只有一对翅，但为什么它们属于双翅目

平衡棒——后翅退化而成的细小的棒状物

飞行

呢？我们都知道，定义昆虫的其中一个要点，就是胸部有两对翅。但蝇类的后翅已经退化为一对小小的棒状物。科学家发现，这是它们为了更稳定地飞行，在长期的适应和进化过程中形成的用于平衡身体的结构，称为平衡棒。平衡棒的振动方向与前翅相反，飞行时，平衡棒起着稳定和平衡的作用。如果偏离航向或者身体倾斜，平衡棒的振动平面就会发生变化，这种变化会被它基部的感受器所感觉到并传送到脑部，脑部会迅速分析这个信号，然后给相关部位的肌肉组织发出"指令"，通过肌肉运动保证飞行的平稳。所以在蝇类飞行过程中，平衡棒功不可没。蝇类飞行时采用的是"8"字形运动振翅。这种振翅方式可以使翅周围的空气形成漩涡状气流，帮助它们轻松地飞行，把空气的阻力变成了飞行的动力。

我们常常想徒手打到苍蝇，但很少有成功的时候，是因为苍蝇还有逃命的秘诀。位于苍蝇头部的复眼能360度地感知周围的环境，此外，苍蝇身上的体毛还能感知空气流动性的改变，然后再把这种感知传送到大脑，大脑随即计算出最佳的逃跑角度和路线。从感知到威胁后到逃跑，仅仅需要100毫秒的时间。可想而知要想拍死一只苍蝇有多难！

## 🦟苍蝇全身都是宝

苍蝇具极高的综合营养价值。蝇蛆体内蛋白质含量高达60%~66%，含有极为丰富的动物所需要的各种天然的氨基酸，而且脂肪含量很低，仅为14%~16%。锌及其他微量元素、维生素等含量丰富，其中维生素$B_2$的含量甚至是甲鱼的2000倍。

蝇蛆的表皮和蛹壳中富含纯度极高的几丁质。几丁糖是几丁质经脱乙酰化处理的产物，是一种天然高分子化合物。蝇蛆体内含有高达20%的几丁糖，这些几丁糖对食物中的金黄色葡萄球菌、大肠杆菌具有一定的抑制作用，对柑橘溃疡病菌、白绢病菌、水稻纹枯病菌等植物致病菌表现出强烈的抑制效果。几丁糖作为保健食品添加剂，可以阻止人体吸收并帮助排泄甘油三酯、胆固醇等物质，从而降低食品的热量。几丁糖还可以调节生理机能，增强抵抗力。经过特殊处理的几丁糖，还具有直接抑制癌细胞的作用。

蝇蛆和蛹的血淋巴中都含有凝集素。凝集素是一类非免疫原糖蛋白，具有凝集细胞、沉淀多糖的能力。有些凝集素能够增强巨噬细胞的免疫活性，还能促进脾脏混合淋巴细胞的增殖。某些凝集素

苍蝇蛹

还有一定的抗肿瘤活性，可以抑制癌细胞的增长。

苍蝇体内含有一种特殊的小分子多肽，这种物质能够抵御各种病菌入侵。这种令全世界医学专家无比兴奋的物质被称为抗菌肽。研究表明，苍蝇体内的抗菌肽，使得任何病菌在苍蝇体内的存活时间都超不过7天。抗菌肽与传统的抗生素相比，具有分子量小、抗菌谱广、热稳定性好、抗菌机理独特等优点。从苍蝇体内提取的抗菌肽，已成为生物制药领域的宝贵原料，具广谱抗菌作用，可抑杀多种致病菌、病毒、原虫，尤其是对耐药菌株有明显的杀伤作用。

抗菌肽既可以杀死肿瘤细胞又不会伤害正常体细胞。这是因为，正常的真核细胞骨架完整，损伤之后修复得很快，所以抗菌肽最终不会对其造成损害，而肿瘤细胞骨架并不完整，抗菌肽很容易穿透肿瘤细胞的细胞膜，使细胞膜上出现许多小孔洞，从而造成癌细胞的细胞膜通透性增加，导致其内容物大量外漏，最终导致癌细胞死亡。同时，抗菌肽还可以破坏癌细胞内的线粒体、内质网等细胞器，干扰癌细胞的能量代谢，抑制癌细胞的分裂增殖。

蝇蛆作为中药材被称为"五谷虫"，早在明代《本草纲目》中

五谷虫

就有记述。明清时期，蝇蛆就被用于治疗脓疱疮、骨髓炎、褥疮、唇疮等疾病。现代中医也常将蝇蛆入药。五谷虫不但含有肠肽酶、胰蛋白酶等多种蛋白分解酶，还含有分解脂肪和碳水化合物的酶，入药后有利于食物的消化吸收，起到清热解毒、消积化滞的作用。

## 蝇蛆疗伤

早在几百年前，蝇蛆就是很好的疗伤"药物"了。澳大利亚原住民以及印第安人、玛雅人就是利用蝇蛆来治疗外伤的。尤其是第一次世界大战期间，蝇蛆在救治伤员方面起了很大的作用。那时候，人类还没有研制出抗生素，很多伤员因为伤口感染而失去了年轻的生命。战地医生将经消毒后的蝇蛆放到已化脓的伤口上，蝇蛆会吞食伤员的腐烂和坏死组织，但却对新长出来的活组织没什么兴趣。而且蝇蛆在取食的过程中还会分泌出一种极强的抗菌物质，抑制伤口上细菌的生长，同时蝇蛆的蠕动也会刺激活组织的新生，使伤口逐渐愈合。

虽然随着抗生素的出现，这种古老的方法逐渐被人们遗忘。但是抗生素的大量使用会对身体产生很大的副作用，长期使用也会造成抗生素耐药，这些弊端又使医学家想起了蝇蛆疗伤这种无任何副作用的方法，尤其是那些对青霉素过敏的患者，蝇蛆简直就是极佳的"生物抗生素"。目前，国外许多医院又开始采用这种古老的蝇蛆疗法了。

## 苍蝇破案

苍蝇也能被用于破案。由于蝇类对血腥味极为敏感，在我国古代就有不少因蝇类对血腥味的趋性而破案的案例。在五代后晋《疑狱集》卷一《庄遵闻哭奸》、我国南宋著名的法医专家宋慈撰写的《洗冤集录》卷二之五《疑难杂说下》都有相关记载。

苍蝇具有嗜血、嗜尸、嗜人体分泌物的特性，几乎能渗透到人类生活的每一个角落。强大的活动能力和适应能力使它们可以随意进出任何看似"封闭"的空间，发现隐藏的尸体。

法医工作中的一项重要任务就是推断尸体死亡时间。在出现凶杀案的时候，蝇类通常是最先找到尸体的昆虫，它们可以在短短的几分钟之内找到尸体并在尸体上产卵，卵在尸体上孵化为幼虫，幼虫在腐败的尸体上逐渐长大，经过3个龄期，老熟幼虫化蛹，最后羽化为成虫。由于苍蝇的发育与温度有关，所以，办案人员可以结合当地的天气情况，根据蝇类昆虫的虫态及幼虫的龄期来推算尸体的死亡时间。

这样的案例在国内外有很多，而且根据蝇类和其他一些昆虫在法医鉴定中的作用，逐渐形成了一门法医昆虫学，以便利用昆虫学知识对尸体的死亡时间、死亡地点，甚至死亡原因进行分析判断。我国昆虫学家在蝇类等双翅目昆虫的形态、分类、区系、发育、生态等方面的研究，为研究与尸体相关的蝇类提供了第一手资料。科学家进行了关于嗜尸性昆虫的系统研究，并将研究成果运用到实际案件侦破当中。据统计，我国目前已知的嗜尸性蝇类共有9科108种，其中丽蝇科、麻蝇科、蝇科最为常见，其次是厕蝇科和蚤蝇科。最为常见的物种包括巨尾阿丽蝇、丝光绿蝇、大头金蝇、绯颜裸金蝇、紫绿蝇、棕尾别麻蝇、黑尾黑麻蝇、家蝇、厩腐蝇、夏厕蝇等。

棕尾别麻蝇

# 诗经里的
# 蟋蟀

蟋蟀在堂，岁聿其莫。今我不乐，日月其除。无已大康，
职思其居。好乐无荒，良士瞿瞿。

蟋蟀在堂，岁聿其逝。今我不乐，日月其迈。无已大康，
职思其外。好乐无荒，良士蹶蹶。

蟋蟀在堂，役车其休。今我不乐，日月其慆。无已大康，
职思其忧。好乐无荒，良士休休。

——《诗经·唐风·蟋蟀》


七月在野，八月在宇，九月在户，十月蟋蟀入我床下。
穹窒熏鼠，塞向墐户。嗟我妇子，曰为改岁，入此
室处。

——《诗经·豳风·七月》


　　"中国第一虫""中国第一鸣虫""中国第一斗虫"，从古到今，
从宫廷到民间，听鸣声，观虫斗，小小的蟋蟀一直活跃于中国历史
舞台。

　　蟋蟀有很多俗名，北方人叫它"蛐蛐儿"，南方人则称它为
"赚织"，另外还有"促织""趋织""趣织""络纬""促机""梭
鸡""趋趋""纺绩""蜻""蜻虫""吟蜻""秋蜻""吟秋""秋
虫""寒虫""暗虫""斗蟋""斗鸡""王孙""将军虫"等数不清的
异名。从中可以看出，有些名字是根据蟋蟀的形态来起的，有些是
根据它所代表的季节起的，有些是根据它发声和打斗的特点起的。

甲骨文"秋"

可见人们对蟋蟀的熟悉和喜爱程度。

蟋蟀是一类对物候非常敏感的昆虫，蟋蟀的鸣声一般发生在秋天，所以民间有"促织鸣，懒妇惊"的谚语。意思就是说，蟋蟀开始叫了，已经到了秋天了，再懒惰的妇人也该纺织冬衣了。而蟋蟀一词的首次出现就在《诗经》里，共出现了两次。在《诗经·豳风·七月》里，用蟋蟀对气候变化的反应表达了季节的更替。七月天热，蟋蟀往往喜欢在田野中；进入八月，蟋蟀就进入庭院的墙缝里、石头底下；而九月天气转凉，它就开始向人类温暖的住宅处转移；到了更凉的十月，蟋蟀就进入屋内"入我床下"了。而在《诗经·唐风·蟋蟀》中，通过"蟋蟀在堂，岁聿其莫"，告诉人们天气已经转冷，一年即将过去，岁月飞逝，不要荒废光阴。事实上，古人对蟋蟀的关注远早于此，例如在甲骨文中的"秋"字就很像一只蟋蟀，可见那时的先民们就已经把蟋蟀和秋季联系在一起了。蟋蟀开始鸣叫，说明秋季已经到来，而其鸣声的终止说明秋季就要结束了。

## 鸣虫

蟋蟀是秋夜里"音乐会"的主角，其鸣声多种多样：或高亢悠扬，或低沉婉转，或激烈短促，或舒缓愉悦，或凄凉哀婉……

蟋蟀变化多端的鸣声表达着不同的心境和情绪。它们的鸣声大致分为五种类型：召唤声、求爱声、交尾声、争斗声和报警声。当雄蟋蟀在自己的领地悠闲地独处时，就会发出恬然自得的召唤声，音色清纯洪亮，音质如敲击金属般，犹如一曲美妙的"畅想曲"，这种声音能够吸引雌蟋蟀前来与之相会。人们平时听到的大多属于这种鸣声。据唐朝《开元天宝遗事》记载："宫中秋兴，妃姜辈皆以小金笼贮蟋蟀，置于枕畔，夜听其声，庶民之家亦效之。"可见在唐朝，上至宫廷内院，中至文人大贾，下至黎民百姓，都已经把听蟋蟀鸣叫当作一种怡情的娱乐了。当雄蟋蟀发现有雌蟋蟀闻声而来时，会发出温柔动听如情话一般的求爱声，进一步诱惑雌蟋蟀。

求爱声清丽婉转、悦耳动听，音量在60分贝以下。当雌雄蟋蟀开始交尾时，雄蟋蟀还会发出愉悦的交尾声，宛如一曲凤求凰的爱情曲。而当一只雄蟋蟀进入另一只雄蟋蟀的领地时，它们就会发出争斗的鸣叫，声音短促而激烈。一旦战斗结束，胜利者则高奏洪亮的凯歌，音量一般高达65~75分贝。而当单个雄蟋蟀在生存环境中被抓获或者受到惊吓时，会发出急促而沮丧的报警声，告知同伴这里不安全。

如此变幻多样的歌声，蟋蟀是怎么唱出来的？

确切地说，它们不是用嗓子唱出来的，而是用自己的一对前翅相互摩擦演奏出来的。蟋蟀右翅上有一排像锯齿一样的音锉，左翅上长有硬棘状的刮器。平时，蟋蟀的右翅覆盖在左翅上，想要奏乐时，它便举起双翅，向左右两侧一张一合，右翅上的音锉与左翅上的刮器的相互摩擦，引起复翅上的镜膜震动，从而形成清脆的鸣声。双翅振动的强度越大，音齿与音锉的刮击越重，鸣声就越响。蟋蟀的鸣声还与双翅抬起的角度有关，角度越大，双翅摩擦的范围就越大，鸣声也大。蟋蟀发出召唤声时，双翅与背部所成的角度为32度左右，节奏平稳，音调低沉；而蟋蟀发出争斗声，角度为53度左右，其鸣声最大，音调高亢。

雌蟋蟀的前翅没有发音结构，它们不会鸣叫，只要听力好就行了。

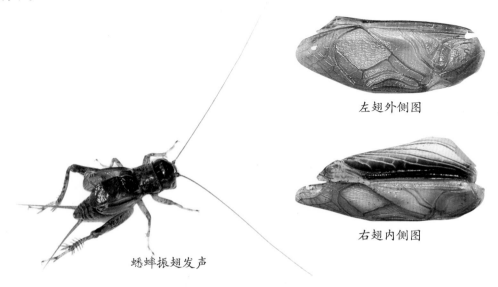

左翅外侧图

右翅内侧图

蟋蟀振翅发声

# 斗虫

除了唱歌，蟋蟀还十分好斗，只要两雄相遇，必然要厮杀一场，直到分出胜负。明代诗人顿锐在《观斗蟋蟀》中写道："见敌竖两股，怒须如卓棘。昂臧忿塞胸，彭亨气填膉。将搏必踞蹲，思奋肆凌逼。既却还直前，已困未甘踣……"作者用拟人的手法活灵活现地描绘了蟋蟀争斗的激烈场面。雄蟋蟀在打斗中犹如人类打擂台一样，也具有一定的招式和套路：扬眉拂须，振翅高鸣，两牙大张，奔向对方；四牙对夹后，紧紧不放，六足猛撑，努力击败对方。在格斗过程中，不仅有跌、打、翻、滚、架桥、结球等架势，还表演出陀螺滚翻、斤斗跌扑、龙虎虬跤、进退腾挪等拳击手的武打姿势。山东宁津人张俊汉依据蟋蟀打斗的各种动作、姿态和套路设计出一套蟋蟀拳，又称宁津蟋蟀拳。这是除了螳螂拳之外，又一套昆虫拳问世。蟋蟀的打斗少则一两个或三四个回合，多则十多个回合，以一方失败而结束。胜者威风凛凛，高奏凯歌，败者或伤或残，逃之夭夭。蟋蟀勇猛善斗的精神被古人归纳为五德："鸣不失时，信也；遇敌必斗，勇也；伤重不降，忠也；败则不鸣，知耻也；寒则归守，识时务也。"

我国斗蟋蟀的历史非常悠久，从唐代天宝年间开始，到宋代已

斗蟋蟀

经盛行，无论王公贵族还是市井小民都很喜欢，也有了斗蟋蟀的赌局。而最先记载"斗蟋蟀"的南宋顾文荐的《负暄杂录》："斗蛩之戏，始于天宝间，长安富人，镂象牙为笼畜之，以万金之资，付之一啄。"明朝形成的"蟋蟀热"则一直延续到清朝。而历朝历代为养蟋蟀、斗蟋蟀而倾家荡产、家破人亡的不乏其人，因此而荒废学业、玩物丧志者更是数不胜数。现如今，斗蟋蟀已经成为一种非常理性的娱乐活动，在北京、上海、苏州等地每年都要举办全国性的斗蟋大赛，影响范围相当广泛。

历史上对蟋蟀最痴迷的两个"大人物"甚至因此影响了国家的命运。写出了世界第一部蟋蟀专著《促织经》的南宋太师平章贾似道被人戏称为"蟋蟀宰相"，在蒙古军大兵压境之际，他仍然"尝与群妾踞地斗蟋蟀，所狎客入，戏之曰：'此军国大事耶？'"明宣宗朱瞻基则被民间叫作"蟋蟀皇帝"。据袁宏道的《畜促织》记载：宣宗皇帝下旨派出很多宦官到全国各地采买蟋蟀，命地方各大小官吏协办，征课之急前所未有，百姓苦不堪言。为征用蟋蟀闹出人命的悲惨故事屡有发生。《聊斋志异》的作者蒲松龄还将这种荒诞现象写成了一个讽刺性的故事——《促织》。

## 蟋蟀罐

蟋蟀罐的产生与发展与斗蟋活动紧密相连。我国从唐朝天宝年间便开始饲养斗蟋蟀。养蟋蟀作为一种娱乐活动，在我国已有1000多年的历史。斗蟋活动的风靡，使得人们普遍关注蟋蟀的体力与斗性，并对蟋蟀的调养进行探索和研究。通过长期的观察研究，人们认识到蟋蟀的生长与环境密不可分。作为蟋蟀生活的主要居所，蟋蟀罐对蟋蟀的体力和斗性具有很大的影响，因而蟋蟀罐在斗蟋活动中占有非常重要的地位。

养蟋蟀的容器，不仅十分讲究，而且种类极为丰富，陶、瓷、玉、石、雕漆、戗金、汉砖等，都可以制成蟋蟀罐。刚捕捉回来的蟋蟀需要饲养在特定的容器中，如银笼、漆笼、竹笼等。但要长久饲养更多是在陶罐中。据说，在民国年间北京琉璃厂曾经出现过一个杨贵妃养蟋蟀的金丝笼，笼的底部刻有"天宝"年号。除金丝笼之外，唐朝人还用象牙镂雕作为饲养蟋蟀的容器。目前，出土最早

明宣德年间仿乳釉蟋蟀罐
（故宫博物院藏）

明隆庆年间青花云龙纹蟋蟀罐
（故宫博物院藏）

清乾隆年间粉彩鱼藻纹蟋蟀罐
（河北博物院藏）

的蟋蟀容器是南宋墓中的陶制蟋蟀罐，景德镇官窑还专门烧造了很多制作精美的瓷器蟋蟀罐。在故宫博物院武英殿内展示了一只"蟋蟀皇帝"朱瞻基在位期间的仿汝釉蟋蟀罐。仿汝釉只在宣德年间有，为景德镇烧制，釉面有细小纹片，淡雅而低调。

"蟋蟀罐"是北方人的叫法，南方人多称为"蟋蟀盆"。"南盆北罐"由此而来，形状也稍有差别，这跟南北方的气候差异有关。北方的"罐"一般壁较厚，抗风保暖，而南方的"盆"一般壁较薄，阴凉解暑。北方地区最早的蟋蟀罐产自万历时期，传说由"万礼张"制作。"万礼张"蟋蟀容器具有由南盆向北罐发展的趋势，是北方地区开始自行烧造蟋蟀罐的初创期，说明那时候北方玩虫风气渐开，需求量不断增加，而南盆不适合于北方的寒冷气候，而且从南到北运输成本亦高，所以北方开始烧制蟋蟀罐。

在中国传统文化和审美的影响下，作为一种应用广泛的日常娱玩器具，蟋蟀罐的制作经过漫长的发展，将实用性和艺术性融合在一起，多以古朴的造型和素雅的纹饰取胜，其中也蕴含了人们对蟋蟀咬斗得胜的期盼，由此形成了独具特色的蟋蟀罐装饰。

## 🦗 著名蟋蟀产地

蟋蟀的分布范围极其广泛，几乎在我国各地都有。在郊野、农村，甚至在城市里绿化较好的小区里，秋天的夜间都可以听见蟋蟀悠扬的鸣声。但并不是所有的蟋蟀都适合斗蟋活动，个头大、性情烈、弹跳力强、善斗的蟋蟀才是玩家的钟情之"虫"。我国山东宁阳、宁津和上海七宝等地是出产这些好斗蟋蟀的著名产地。

宁阳斗蟋蟀，始于秦汉，故宁阳蟋蟀被称为"江北第一虫"。宁阳县的蟋蟀重镇——泗店镇，历史悠久，出产的蟋蟀历代向皇宫进贡，或供达官贵人赏玩。而坐落于山东省宁津县城东9千米处的柴胡店镇，是闻名全国的宁津蟋蟀发源地。

上海的古镇七宝，因盛产精品蟋蟀而有"七宝蟋蟀甲天下"之说。相传乾隆皇帝下江南时，曾在上海松江停留。其随从在各地筛选一批优良蟋蟀后，星夜驰马进贡，却在途经七宝时马失前蹄，翻车倒地，进贡的蟋蟀尽数逃逸，从此七宝便留下了"精品"。明清两代是七宝蟋蟀文化繁荣的鼎盛时期。

## 蟋蟀的种类

蟋蟀属于直翅目蟋蟀科，广泛分布于世界各地，全世界蟋蟀约有4600种。蟋蟀在我国大江南北分布广泛，已知种类达258种。在蟋蟀类鸣虫中，除了鼎鼎大名的迷卡斗蟋外，常见的种类还有多伊棺头蟋、油葫芦、双斑蟋等。

多伊棺头蟋就是老北京人常说的"棺材板"。这是因为多伊棺头蟋雄虫的头向前下方明显地突出，加上宽长的身体，总体来看很像一个缩小的棺材而得名。它的鸣声清脆而响亮，音调短促匀称，

多伊棺头蟋

双斑蟋

节奏感很强，总是"嘛嘛嘛——嘛嘛嘛——"的。此外，我国还有尖角头蟋、石首棺头蟋和小棺头蟋等棺头蟋属鸣虫。

油葫芦身体褐色或黑褐色，全身油光光的，头部像一个圆球，复眼大而突出，复眼上方有白色的眉纹，其鸣声为悠扬的"居呦呦呦，居呦呦呦——"，就像油从葫芦中倾注而出时发出的声音，故得其名。油葫芦的品种繁多，常见的有墨油葫芦、红油葫芦、琵琶翅、飞翅、长翼等。

双斑蟋，又称花镜，全身漆黑色，富有光泽，翅上有两个明显的黄斑。双斑蟋鸣声清脆，节奏感强，类似于"渠——渠——渠——"。它的生命力很顽强，几乎可以生活在任何环境中。在我国台湾，双斑蟋是最常见的"格斗健将"。

油葫芦

## 🦗 蟋蟀的生活

蟋蟀身体光亮，头部浑圆，细长的触角超过体长。它的变态属于不完全变态中的渐变态类型，一生要经过卵、若虫、成虫3个阶段。渐变态昆虫的若虫与成虫在形态上没有多大区别，生活习性也相似，只是若虫的翅发育还不完全，称为翅芽。若虫期间要经过几次蜕皮，每蜕一次皮，翅芽都会长大一些，直到最后一次蜕皮之后长出完整的翅就进入了成虫阶段。此时雌雄两性的生殖器官也发育成熟，可以步入婚姻殿堂，交尾产卵，繁衍后代了。

蟋蟀每年发生1代，以卵越冬。它的卵在春天孵化，若虫在几个月的时间里，经过一次又一次的蜕皮，在8~9月羽化为成虫。雌蟋蟀将卵成堆产于其居住的土穴底部，一般一堆有20~50粒。1头雌蟋蟀一生可产卵500粒左右。刚孵化的若虫乖乖地群居在母穴中，既不打架，也不外出，享受着母亲给它们贮备的充足食物。经过一次蜕皮之后，它们会变大一些，有了独自谋生的能力，然后爬出母穴，分散并潜居于土块下、隙缝中，之后各自寻找合适的地方挖掘新巢，过上了独居的生活，一直要到变成成虫，进入发情期时才会雌雄同居一穴。

雄蟋蟀也叫"二尾儿"，这是因为它的尾部有两根长长的尾须；

蟋蟀若虫

雌蟋蟀也叫"三尾儿"，或者叫"三尾儿大扎枪"，因为在两根长尾须之间还有一根更长更粗壮的"扎枪"，这是雌蟋蟀的产卵器。雌蟋蟀不会鸣叫也不打斗，但它们有很好的听力。

蟋蟀的土穴多种多样，有直穴、斜穴，还有弯曲的洞穴。大多数土穴都有两个开口，少数土穴有3个甚至多个开口。穴道的深度与若虫龄期、温度及土质都有关系。低龄若虫的穴较浅，而老龄和成虫的穴则较深，而且穴道复杂，弯弯曲曲。一般一龄若虫的土穴深度为3~7厘米，二龄若虫为10~20厘米，老龄及成虫的土穴深度可达80厘米，沙质土壤、表土层厚的土穴深度可达1.5米。温度低的地方土穴更深。

事实上，不同种类的蟋蟀，栖息生境也不相同，有些蟋蟀种类不生活在土穴中，而是居于庭院、房屋墙角的砖墙缝隙中，还有一些生活在草丛或者灌木丛中，有些种类甚至生活在树上。

## 🦗 浪漫的爱情

蟋蟀的恋爱虽然也落入了"男追女"的俗套，但雄蟋蟀并不是主动跑去寻找自己心仪的对象，而是在自己的土穴前奏起婉转悠扬、清脆悦耳的音乐，期待雌性的赏识。而在发声求爱之前，它们往往还要打扮一番，用自己的前足不断梳刷颜面，直到自己满意为止。雌蟋蟀的耳朵虽然长在两个前足上，但它的听力却是为雄蟋蟀的声音而设定的，她们对5000赫兹左右的声音频率能够做出最敏感的反应，而对超出频率范围的声音则毫无感觉，而这个频率正是雄蟋蟀的鸣叫声。附近的雌蟋蟀一旦被求爱音乐所打动，就会循声而去，羞怯地从自己的洞穴中缓缓爬到雄蟋蟀的洞口。雌雄蟋蟀相见以后，雄蟋蟀会试探着接触雌蟋蟀，用它的触角不断地触摸雌蟋蟀的触角，并且发出"的铃的铃的铃"的情深意切的求偶鸣声，之后双双坠入爱河。

雌雄蟋蟀的交尾采用的是"女上男下"的体位。坠入情网的雌雄蟋蟀在原地慢慢地爬动，雄蟋蟀在寻找合适的时机爬到雌蟋蟀的前方，用尾部对准雌蟋蟀的头部下方，慢慢从雌蟋蟀的身体下方倒退。此时雌蟋蟀不再爬动，雄蟋蟀迅速钻入雌蟋蟀身体的下方，然后将其尾端向上翘起，对准雌蟋蟀的生殖孔，排出1个精包。交配的时候雄性常会发出"铃铃铃铃"兴奋而愉悦的鸣声。

精子会从雄蟋蟀排出的精包中跑出来，通过雌蟋蟀的生殖孔进入体内，完成受精。交配结束，雌雄蟋蟀分开，雌蟋蟀专注地去寻找产卵场所，等选定位置以后就开始产卵。而雄蟋蟀经过短暂的休息，似乎又充满力量，昂首高歌，等待下一位"美女"循声而来。

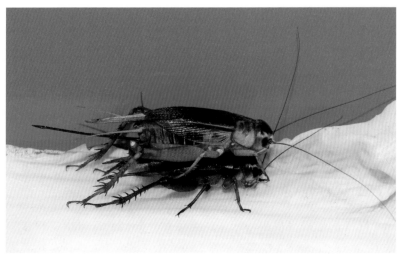

蟋蟀交尾

三尾儿大扎枪

如果一直没有爱慕者到来，它就会换一个地方重新奏起浪漫的爱情乐曲。如果两只雄蟋蟀同时遇上一只雌蟋蟀，那么，一场气势宏伟的争夺战就在所难免了，雄蟋蟀生性好斗，绝不允许其他同性跟自己在一个地盘，更何况这个同性还可能会夺走自己的伴侣。两只雄蟋蟀都会高唱战歌张开自己的两只大牙，互咬对方，并用强劲的后足支撑着身体往前推搡对手，直到一方战败，落荒而逃。胜利者会不时地发出得意的属于胜利者的歌声，自然更加赢得了雌蟋蟀的青睐，双方很快坠入爱河。

## 食用昆虫

由于鸣声悠扬和生性好斗，千百年来，蟋蟀一直深受人们的喜爱，并成为中国民俗文化不可或缺的一部分。不仅如此，蟋蟀因为体内蛋白质含量高，而脂肪含量低，并富含人体必需的氨基酸和不饱和脂肪酸，被当作人类未来的蛋白质食品。有人预计，20年之后，昆虫将会成为人们的重要蛋白质来源，而蟋蟀将成为未来的"龙虾"。

在坦桑尼亚、津巴布韦及博茨瓦纳等非洲国家，蟋蟀食品受到青睐。芬兰的面包店在销售由蟋蟀粉做的面包，据说口感还不错。美国旧金山一家米其林餐厅则销售各种用蟋蟀烹调的食物，有烤蟋

草丛里的蟋蟀

颐和园长廊绘画——斗蟋图

蟀、蟋蟀粉、蟋蟀能量棒等食品，还有蟋蟀调味汁、蟋蟀甜酱等调味品。研究发现，咀嚼富含蛋白质的昆虫会增加肠道益生菌数量，有助于肠道健康。在美国，蟋蟀已经可以做到规模化养殖，蟋蟀食品的生产已逐渐形成了较完整的产业链。蟋蟀食品所含的蛋白质可以达到牛排的3倍。此外，养殖昆虫对环境的影响远比养殖大型动物要小得多，因为昆虫生存需要的水分很少，在产生同样多的蛋白质的条件下，昆虫所需的水分可以比牲畜少300倍。

除了食用之外，蟋蟀还有一定的药用价值。早在明朝时期，我国就对蟋蟀的药用功能进行了记载，其具有消肿、利尿的功效，主治水肿和小便不通等症状。目前蟋蟀干虫仍然作为中药商品的选材或有效提取成分使用。

# 诗经里的
# 蜉蝣

蜉蝣之羽，衣裳楚楚。心之忧矣，于我归处。

蜉蝣之翼，采采衣服。心之忧矣，于我归息。

蜉蝣掘阅，麻衣如雪。心之忧矣，于我归说。

——《诗经·曹风·蜉蝣》

蜉蝣是蜉蝣目昆虫的总称，古人看见这种昆虫在水面上空飞行，姿态优美，仿佛在水上漂游，便称它们为"蜉蝣"。在初夏的黄昏时分，这些体态优雅、身姿曼妙的昆虫似乎在水面上表演着炫目的集体舞，它们舞动着轻纱般的薄翅，长长的尾丝、弯弯的腹部形成了优美的曲线，让人不禁赞叹大自然的神奇。然而，黑夜的来临给这种美景画上了句号，越来越多的蜉蝣会从空中掉落，水面上以及水边的小草上落满了它们的尸体。短暂的绚丽之后是生命的结束。相传，古希腊学者亚里士多德在观察蜉蝣在空中飞翔时，见其顷刻坠落而死，便认为它们"仅有一天生命"，而蜉蝣学名Ephemeroptera的意思也是"只有一天生命的飞虫"。

## 蜉蝣是"朝生暮死"吗？

过去，人们都习惯于把蜉蝣作为"朝生暮死"的同义词。在这一天的短暂时光里，不吃不喝，不断地在空中飞舞，直到陨灭。蜉蝣在《诗经》中作为独立篇章描述，诗歌全文借助蜉蝣的美丽、蜉蝣的柔弱及蜉蝣的短命来感叹生命的脆弱、人生的短暂以及作者对自己和国家命运的忧心。而此后的文人骚客更是借用蜉蝣这种"朝生暮死"的特性来抒发自己低沉、消极、哀怨的情绪。唐代张九龄在《感遇》中写道："鱼游乐深池，鸟栖欲高枝。嗟尔蜉蝣羽，薨

落在水面的蜉蝣
尸体

蠓亦何为。"苏轼在《前赤壁赋》中写道:"寄蜉蝣与天地,渺沧海之一粟。"都是借蜉蝣感叹人的渺小和人生的短暂。

　　然而,事实真的如此吗?

　　在古代,由于社会的落后、生活的艰难,没有人会把精力放在研究这些自然界的小生灵上,人们只是凭着原始的观察来认识昆虫。所以他们只看到了舞姿灵动而生命短暂的蜉蝣,却没有注意到身姿曼妙的蜉蝣只是蜉蝣的成虫阶段,其实蜉蝣稚虫的生长发育过程是很长的。蜉蝣的成虫只有几小时到几天的寿命,最长的也超不过10天,但稚虫却要在水中生活很长的时间,从几个月到几年不等。如此看来,蜉蝣在昆虫世界可不是什么"朝生暮死"的短命昆虫,而是相当长寿的了,要知道,一般昆虫的一生也就几个月到一年的时间,有些昆虫的寿命更短暂,一年能完成好几代,甚至好几十代,比如,我们做科学实验用的实验动物——果蝇,发生一代只需要10天的时间。看来,古人的情感竟是错付了!不过,从积极方面看,虽然蜉蝣成虫的生命仅有短短的几小时,但它们却过得非常充实,它们要飞向天空,交友、恋爱、结婚、生子,并且把最美好的一面展现出来,最后在生命的起点结束自己的生命。那么,我们是不是也可以在蜉蝣的身上重新得到启发:即便人生短暂,也要绽放出绚丽的光彩!

蜉蝣

## 🀄 独特的变态类型

事实上，昆虫的一生要经过好几个不同的阶段，这个变化过程，我们称之为变态。雌雄成虫在交尾之后产卵，卵是昆虫生命的起点，之后卵孵化为幼虫，这是昆虫的第二个阶段。在幼虫期，昆虫要经过多次蜕皮，不断地长大，每蜕一次皮，昆虫的翅也会再长大一些，终于在最后一次蜕皮之后，昆虫的翅完全长成，进入了成虫阶段，也就是昆虫生命的最后一个阶段。在成虫阶段，昆虫的生命都比较短暂，最多也就一个多月时间，最少的也就像蜉蝣一样，只有几个小时的时间。还有一些昆虫在幼虫和成虫之间，要经过一个蛹的阶段，蛹期和卵期一样，表面上看是一个静止的阶段，但体内却发生着翻天覆地的变化，幼虫的器官会全部消亡，取而代之的是逐渐长出的成虫的器官，直到时机成熟羽化出成虫。这类昆虫的幼虫和成虫差别很大，这种变态类型为完全变态。世界上80%的昆虫种类都属于完全变态类型，比如蝶、蛾、甲虫、蚊、蝇等。而不经过蛹期的昆虫，其幼虫和成虫长相相似，其变态过程被称为不完全变态，比如蝗虫、螳螂、椿象、蝉、蜻蜓等。

不过，蜉蝣的变态类型既不属于完全变态，也不属于不完全变态，而是独辟蹊径，形成了自己独特的变态方式——原变态。

蜉蝣的一生经历了卵、稚虫、亚成虫和成虫4个时期，这种变

蜉蝣成虫的蜕皮　　　　　　　　蜉蝣

态类型称为原变态，是一种较原始的变态类型，也是蜉蝣目昆虫独有的变态类型。稚虫是蜉蝣幼虫的称谓。科学上对昆虫幼虫的名称有一定的规定，只有完全变态的昆虫的幼虫没有特殊的名字，仍叫幼虫。而生活在水中的其他变态类型昆虫，其幼虫被称为稚虫；陆地生活的不完全变态昆虫的幼虫，被称作若虫。

　　我们注意到，蜉蝣稚虫在羽化为成虫之前，要经历一个亚成虫的时期，这是蜉蝣较之于其他有翅昆虫所不同的地方。亚成虫与成虫相似，已具有与成虫几乎一样的翅，但体色暗淡，翅不透明，翅的后缘有明显的短毛，复眼没有发育完全，前足、尾铗以及尾丝等附肢也没有完全展开，性发育还没有完全成熟。亚成虫的口器还没有完全退化，而成虫完全没有口器，根本不能取食。

　　在亚成虫期之后再蜕一次皮，可以使蜉蝣尾丝的长度进一步增加，更有利于飞行的稳定；还可以使雄性蜉蝣的前足进一步加长，以便在交尾时足以牢牢地抱住雌性，增加交尾的成功率。亚成虫期翅表面的防水短毛，能避免危急时刻被困在水中。因此，亚成虫期的存在是蜉蝣生活史中不可或缺的转变阶段。

　　亚成虫期长短与成虫期长短呈正相关，亚成虫期短的蜉蝣，成虫寿命也短，而亚成虫期长的蜉蝣，成虫期也长。

## 🎵 水、陆、空转换

翩翩起舞的蜉蝣成虫在其短暂的生命里要完成传宗接代的任务，它们必须在空中寻找到心仪的伴侣，然后相爱、结婚、生子，而且是群体性的行为。这种在黄昏群舞的现象称为"婚飞"。交尾之后，雌蜉蝣便将卵产在水中。蜉蝣的生命就是从雌成虫拼尽最后一点力气产在水里的卵开始的。

每只雌蜉蝣基本上能产2000~3000粒卵。卵在水里经过7~14天就会孵化成稚虫。水中生活的"小蜉蝣"形态极为可爱，大大的复眼，身体两侧对称分布着7对气管鳃，3根细长的尾丝甚至超过身体的长度。在长达3亿多年的进化过程中，有些小蜉蝣发展了完美的保护色，它们的体色也跟水底石块的颜色非常接近，扁扁的身体贴在石壁上一动不动，天敌很难把它们从石壁上辨认出来。虽然蜉蝣成虫不食人间烟火，但稚虫在水中的食谱可是相当广泛，有高等植物、藻类、碎屑等，有时候也会捕食水中的其他节肢动物，如石蝇和石蛾的幼虫以及鳌虾等，在体内积贮了较多的营养物质，以便它们发育为成虫时有力气飞行并进行交尾和产卵。

在"漫长"的水下生活时光里，小蜉蝣要经过10~25次的蜕皮，最多的甚至达到了50次。每蜕一次皮，它们都会长大一些，等到了末龄稚虫期，它们便顺着水草爬出水面，爬到水边的植物或石

蜉蝣稚虫

蜉蝣蜕皮

块上，然后蜕去稚虫期的最后一次皮，伸出美丽的翅，进入亚成虫期。亚成虫不是很活跃，大多数亚成虫只能进行短距离飞行，之后再次蜕皮，又经过几分钟至大约一天的时间，才羽化为真正的成虫。到了黄昏时分，它们便舞动着美丽飘逸的翅，飞向空中。

蜉蝣羽化和婚飞都具有较强的时间性，都选择在黄昏进行，为的是尽量不被天敌发现。蜉蝣成虫白天躲藏在杂草或河边树叶的背面，它那近似三角形的透明发亮的翅膀，总是合拢着竖立在背上。黄昏时分，成群结队的蜉蝣便开始在水面上空飞舞，尽展优雅风采。

经过水、陆、空的转换，蜉蝣的一生也即将结束。漫长的水中生活，短暂的陆地和空中生活，这就是蜉蝣的一生。

## 复杂的交尾行为

蜉蝣的交尾行为独特而复杂，但交尾时间才不到半分钟。雄成虫在空中飞舞，忽上忽下、忽左忽右，似乎在努力展现自己的优美舞姿来引起雌成虫的注意，又似乎在疯狂地追逐数量较少的雌成虫。一旦雌成虫加入舞蹈队伍中，很快就会被雄成虫抓住，并在空中进行高难度的交尾仪式：第一步，雄成虫飞到雌成虫的腹部下方，然后伸出其明显加长的前足，并使两只前足向上翻转，从两侧分别钩住雌成虫两个前翅的基部；第二步，雄成虫将腹部向上弯曲，腹部的外生殖器也会相应翻转朝上，然后与雌性外生殖孔连接在一起。此时，腹部末端的尾丝也跟着向前方伸展至雌成虫身体的腹面或两侧，在不到半分钟的时间里，雌雄成虫完成交尾。这种雌上雄下的交尾方式在动物界也相当罕见。之后，雌雄成虫同时向水面跌落，到达水面时，它们立刻分开，雄成虫很快会因精疲力尽而死。而雌成虫还要完成产卵的任务，一般分几次将腹部倾斜到水中，每次释放一定数量的卵。产完卵以后，雌蜉蝣也就为自己的生命画上了一个圆满的句号。

## 形态多样的稚虫

全世界已知蜉蝣有3050多种，我国已知有360多种。除南极洲外，蜉蝣分布于各大洲的淡水中，它们有一些共同的特征，比如稚虫腹部侧面长有成对呼吸用的气管鳃，腹部末端有两根长尾须，通常还有一根中尾丝，等等。不同种类的蜉蝣，成虫的形态也极为相似，只是大小有些差异而已。但稚虫的外部形态却表现出了多样化，在不同生境中生活的有不同的形态结构，大致可归纳为两种比较特化的类型：扁平型和流线型。生活在底泥或石块下的稚虫，身体一般扁平，足也较为宽扁，并且只能做前后运动而无法进行上下

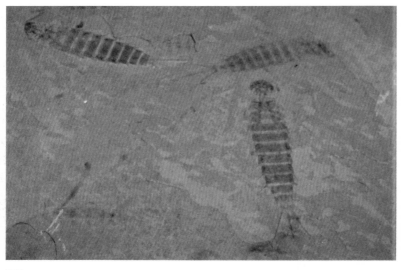

流线型蜉蝣稚虫化石

扁平型蜉蝣稚虫

运动，所以，它们在游动时，身体腹面与底质基本不分开，体色与底泥或石块颜色接近，身体多毛，而且常黏附着泥沙或者绿色藻类，形成很好的伪装色，不易被天敌发现；器官鳃多为叶片状，而且鳃与鳃之间紧密叠合成吸盘状，以防止被急流冲走，如细蜉或扁蜉等。而生活在水草中的稚虫则身体光滑，虫体较厚实，呈流线型，游起来的时候体态很像小鱼，尾丝上还有缘毛，具有螺旋桨的作用，足一般细长，可以抓握水中的底质或水生植物，如二翅蜉、短丝蜉、四节蜉等。除了这两种类型之外，还有一些中间类型，比如生活在沙土里的蜉蝣稚虫，头较小，但上颚发达并向前伸出，很像大象的牙，它们的前足为类似于蝼蛄的开掘足，可以刨开沙土潜入沙土内部。

蜉蝣稚虫是河流生态环境食物链中极为重要的一环，充当着初级消费者的角色，关联在生产者——藻类和次级消费者——鱼类之间。据统计，蜉蝣稚虫占整个底栖动物生产量的1/4以上，占整个鱼饵料的5%~40%。蜉蝣稚虫的天敌众多，除了鱼类，水生甲虫、大田鳖、水螳螂、水蚤以及齿蛉和石蝇的稚虫都会拿它当作"口粮"。因此，蜉蝣稚虫在河流生态系统的物质循环和能量流动中起着重要作用。

## 水质"检测员"

在自然水域中，生活着大量的水生昆虫，它们与水环境有着错综复杂的关系。不同种类的水生昆虫对水体污染的适应能力不同，有的种类只适宜在清洁水中生活，而有的则可以生活在污染水中。水生昆虫的存亡标志着水质变化的程度，因此水生昆虫可作为水体质量的指示生物。

蜉蝣稚虫广泛存在于河流生态系统中，是各类淡水水域中最常见的类群之一。蜉蝣稚虫的外部形态与它们生活的小环境有着密切的关系，各种蜉蝣有相对严格的生境选择，活动区域范围狭窄，因而蜉蝣稚虫对生境变化和水质污染很敏感，是检测生态环境质量的理想的指示物种。蜉蝣稚虫的分布受底质状况、水温高低、水质优劣、水流速度等各种水域环境条件的影响很大。有的稚虫喜欢在含氧量较低、二氧化碳含量较高、有毒物质较多的水域中生活，有的稚虫则喜欢在含氧量较高、二氧化碳含量较低、有毒物质较少的水域中生活。蜉蝣稚虫在水下具有较长的生活期，符合对水质长期的监测要求，而且腐食及杂食的特性还能使它对水中有毒物质的扩散作出敏感反应。因此，蜉蝣稚虫的种类和数量可以作为判别水域中水质污染程度的指标之一，可以用来监测环境变化及河流重金属污染。而且，蜉蝣的分布海拔可达4500米左右，也可应用于高原湖泊的水质评价中。从20世纪50年代开始，蜉蝣稚虫在水质监测中得到了广泛应用。

## 进化研究的活化石

蜉蝣最早出现在距今3.54亿~2.95亿年前的石炭纪，当时生活的蜉蝣种类可能比现今的还要多，而且有些蜉蝣种类的稚虫生活在陆地。与现代蜉蝣形态相似的蜉蝣种类则出现在距今2.48亿年前的二叠纪，二叠纪之后的蜉蝣，其稚虫几乎都生活在淡水环境中。

蜉蝣具有一系列原始特征和独特性状，比如原变态、翅不能折叠、翅脉比较原始、附肢多和蜕皮次数多，等等，是现存最古老的有翅昆虫，被称为现代科学研究的活化石、昆虫界的"鸭嘴兽"。蜉蝣的研究不仅对探讨蜉蝣类群的起源和进化、生活习性以及古生

蜉蝣成虫化石

蜉蝣

态环境等方面具有重要的意义，而且对重建原始昆虫模式、探讨翅的起源与脉相的演化、飞行能力的获得、附肢的演变，甚至昆虫的起源以至昆虫纲中各类群间的关系具有非常重要的价值。

## 🐛 蜉蝣灾害

蜉蝣羽化具有时间性，而且种群的羽化时间往往比较集中，一般为春夏之交时分。蜉蝣的婚飞场面非常壮观，黄昏时刻，所有的蜉蝣成虫都会飞向空中，寻找自己的伴侣。所以等蜉蝣数量剧增的时候，有时候婚飞场面也会给人类带来不小的麻烦。

2016年，我国湖南益阳南县城区曾出现了大量蜉蝣，成群聚集在路灯下飞舞，持续了几个小时。蜉蝣的数量和规模都是前所未有的，漫天乱飞，撞在行人的身上、脸上，甚至要钻到行人的嘴中，或者啪啪啪地落在路过的汽车上……掉落在地的蜉蝣铺了厚厚一层。许多商铺和夜宵摊不得不关掉灯光，提前歇业。

蜉蝣大暴发的现象在国外也有报道。2013年，匈牙利多瑙河沿岸突然出现数百万只蜉蝣，第二天清晨地面上便布满蜉蝣飞虫的尸体。2014年，密西西比河流域出现大规模蜉蝣婚飞场景，团团蜉蝣汇集在一起，酷似"黑云"压顶。2018年，美国宾州大桥上忽然出现大量的蜉蝣，如同雪片一般飞舞，地上积了厚厚的蜉蝣尸体，甚至导致了交通事故，迫使大桥紧急封锁。

蜉蝣

蜉蝣

## 🦟 鼻炎过敏原

没想到，蜉蝣居然会成为过敏性鼻炎的元凶！

蜉蝣是我国海南省重要的过敏原之一。海口市人民医院耳鼻喉科在门诊中发现，海南省对蜉蝣过敏的变应性鼻炎患者人数众多。

海南省地处我国热带地区，河流、湖泊等水域广泛分布，为蜉蝣的生长繁殖提供了很好的环境和条件，海南省蜉蝣的种类和数量很多。蜉蝣成虫体重很轻，其尸体风干后，碎屑可以随风飘浮，可进入人的呼吸道，致呼吸道过敏。同时海南省也是渔业养殖大省，而蜉蝣的稚虫和成虫都是许多鱼类的重要食料，所以那些使用蜉蝣加工鱼食的工人以及使用蜉蝣鱼食喂食的渔业养殖工人很容易接触到蜉蝣过敏原，也有些人是因为给自家饲养的观赏鱼类喂食时引起了过敏性鼻炎。所以海南省居民吸入或者接触到蜉蝣过敏原的概率很高。

研究人员建议，在进行过敏原筛查时，应该包括蜉蝣过敏原，以便制订更合理的特异性免疫治疗方法。

# 诗经里的
# 螓、蜩、螗

手如柔荑，肤如凝脂，领如蝤蛴，齿如瓠犀，螓首蛾眉，
巧笑倩兮，美目盼兮。

——《诗经·卫风·硕人》

菀彼柳斯，鸣蜩嘒嘒，有漼者渊，萑苇淠淠。

——《诗经·小雅·小弁》

文王曰咨，咨女殷商。如蜩如螗，如沸如羹。

——《诗经·大雅·荡》

四月秀葽，五月鸣蜩。八月其获，十月陨蘀。

——《诗经·豳风·七月》

　　蝉，又名知了，据说是因为蝉的鸣声很像"知了、知了……"，又因为蝉也像猴子一样总是趴在树上，所以蝉又名知了猴。不过，这是现代对蝉的称谓。蝉在古时的称谓可是相当多，在我国的第一部诗歌总集《诗经》中对蝉就有"螓、蜩、螗"三种称谓。《尔雅·释虫》中对蝉的称谓有蜩、螗蜩、蝒蜩、蚻、蜻蜻、蠽、茅蜩、蜺、马蜩、蜆、寒蜩。西汉扬雄的《方言》对此有所解释："蝉，楚谓之蜩，宋、卫之间谓之螗蜩，陈、郑之间谓之蜋蜩，秦、晋之间谓之蝉，海、岱之间谓之蜻。其大者谓之蟧，或谓之蝒马；其小者谓之麦蚻，有文者谓之蜻蜻；蜩蟧谓之茅蜩。"蝉的这些不同称谓，有的是因为地区不同，有的是因为时代不同。当然，古人也注

邮票上的蝉

甲骨文"夏"

意到了蝉有不同种类，所以也有不同的称谓。

《诗经·卫风·硕人》中有"螓首蛾眉"，《毛传》认为"螓首"是称赞齐国美人庄姜有宽广的额头。而之后许多注家对"螓"注释为：如蝉而小，其额广而方正。那么"螓"到底是哪种蝉呢？《方言》云"有文者谓之螓"，是说"螓"是一种身上有花纹的蝉。因为不管个头大小，所有的蝉都是方头广额，而"螓"是特指那种漂亮的有花纹的蝉，这也正符合庄姜的"美貌"。《诗经·豳风·七月》中有"五月鸣蜩"，《诗经·小雅·小弁》有"鸣蜩嘒嘒"。一般认为，这里的"蜩"指的就是蚱蝉。蚱蝉，又名金蝉，是我国最常见、分布最广的蝉，也是一种物候昆虫，在炎热的夏季开始欢唱。《礼记·月令》里有"仲夏之月……蝉始鸣"。所以从季候学上讲，蚱蝉就是夏令的代表。

## 蝉文学

蝉是公认的鸣虫，是夏日里喧嚣的乐队，秋日里凄婉的音符。但与蛐蛐、蝈蝈等鸣虫不同的是，蝉并没有作为观赏鸣虫被人们饲养，这也许是因为它们其貌不扬，不能引起人们的喜爱，又或许是它们的鸣声不适合在狭小的空间里聆听，而是需要更广阔的天地。但这种再普通不过的昆虫却在中华民族的文化发展进程中扮演着非常重要的角色，诗词歌赋、配饰、器具……似乎随处都有蝉的身影。据考证，我国的第一个中原世袭制朝代——夏朝的国号就来源于蝉。虽然关于夏朝国号的来源有许多说法，但其中较为可信的一个观点认为"夏"可能就是夏朝的第一个王——"启"之母所属部落之图腾蝉的象形字。虽然夏朝没有文字，但其后出现的甲骨文中的夏字的原型就是蝉——带有触须、宽宽的额头、网络状的像纱一样的薄翼……的确很像蝉的侧面。

　　古人提到的蝉基本上都是带翅的成年蝉，它们居于高高的树枝上，不知疲倦地吟唱，却不见它们吃东西，而寿命也就一个月。所以有"蝉蜕于污秽，以浮游尘埃之外"。古人认为蝉出尘泥而不尘，吸风饮露，不吃秽物，吟唱只属于自己的歌。蝉的这些特性代表了清素、高洁、不同流合污、不随波逐流的品质，自然也成为诗人借物咏怀的描写对象。

　　"垂緌饮清露，流响出疏桐。居高声自远，非是藉秋风。"这是唐代诗人虞世南创作的一首五言诗《蝉》。作者托物寓意，物我互释，借蝉的居高而鸣远、饮露而清高的习性表达了自己高洁清远的品行志趣。西晋文学家陆云在其《寒蝉赋》中称蝉有五德："夫头上有緌，则其文也；含气饮露，则其清也；黍稷不享，则其廉也；处不巢居，则其俭也；应候守节，则其信也。"这已不仅仅是对蝉的赞美，更体现了儒士对于自我品德完美的追求。晋代郭璞《蝉赞》言蝉之清洁，"虫之清洁，可贵惟蝉，潜蜕弃秽，饮露恒鲜"。

　　文人言蝉，多指寒蝉，如宋代词人柳永的代表作《雨霖铃》："寒蝉凄切，对长亭晚，骤雨初歇。"陈子昂的《感遇诗》："玄蝉号白露，兹岁已蹉跎。"凄惨悲鸣的寒蝉在文学作品中常常用于烘托凄荒悲凉的气氛，融情入景，暗寓凄凉的离别之意和羁旅思乡之情。

　　除诗词之外，我国还涌现出很多与蝉有关的成语，例如：噤若寒蝉、薄如蝉翼、腰缠（蝉）万贯、一鸣（蝉音）惊人、知（知了）足常乐、金枝（知了）玉叶、金蝉脱壳等。《诗经·大雅·荡》中说："如蜩如螗，如沸如羹。"成语"蜩螗沸羹"也由此而来，用于形容喧闹的环境，如同蝉鸣及羹汤沸腾的声音，扰乱人心。

　　在我国著名神话小说《西游记》中，将玄奘的前世取名为金蝉子。金蝉在中国文化传统中暗寓着长生不老，难怪那么多妖怪想吃唐僧肉呢！

## 🦗 蝉形器

　　从古到今，蝉一直被视为纯洁、清高、超凡脱俗的象征。在玉器、青铜器等各种不同质地的出土文物中，蝉及蝉纹都是一种高贵

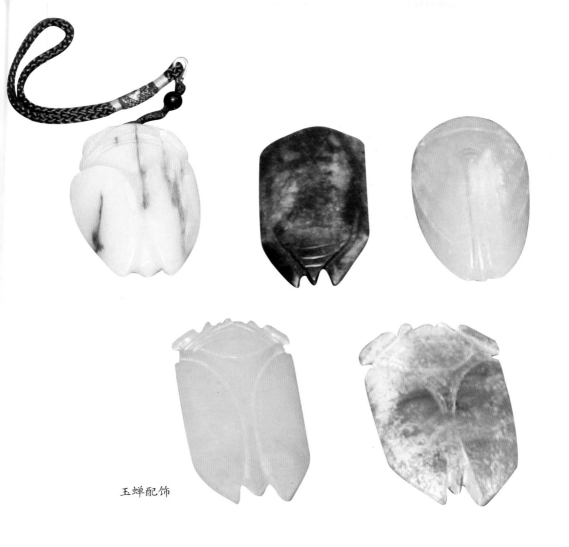

玉蝉配饰

的礼器和身份的象征。清代宫廷中出现了精美的剔红蝉纹盒漆器。除了玉蝉和青铜蝉纹外，还有石蝉、骨蝉、铜蝉、木蝉等，似乎所有材质的雕刻作品里，都有蝉的形象。

玉蝉主要有三种类型：冠饰、配饰和琀蝉。汉晋时代出现了以蝉为饰的帽子，称为"蝉冠"，后来"蝉冠"就成了高官和显贵的代名词。玉蝉也用于配饰，如以一玉蝉佩在腰间，谐音"腰缠（蝉）万贯"，也有人将佩挂在胸前的玉蝉取名为"一鸣惊人"，等等。

琀蝉是指在逝者口中放置的玉蝉。琀蝉寓意转世重生。蝉从地下钻出地面，蜕壳羽化成蝉，飞上高枝。因此，古人认为蝉可以超越死亡，转世重生。在死人口中放置玉蝉，具有脱胎换骨、复活再生之意，亦表示其肉身虽死，但只是外壳脱离尘世，灵魂仍在，不

清代蝉纹盒

过作为一种蜕变而已。死者口内含蝉的现象,最早见于考古发掘的河南洛阳中州路816号西周早期墓,但直至汉代才发展成为普遍的习俗,并一直持续到魏晋南北朝时期。不论在大、中、小型汉墓中,玲蝉几乎都是必备的丧葬器。汉朝的玲蝉多为青玉或白玉质,其上多无穿绳挂系之孔,雕刻简约大气,造型粗犷质朴,具有较为典型的时代特征与艺术风格。玲蝉的双眼呈不规则的椭圆形,位于头部的两端,向外凸出很多;翼端和腹部末端呈三角尖锋状,用斜磨阴刻线条表现蝉的头、胸、腹和宽大收拢的双翼;蝉的腹部所占面积较商朝为少,仅占身体的约四分之一,皆用数条平行的粗直阴刻线条表现腹皮纹。

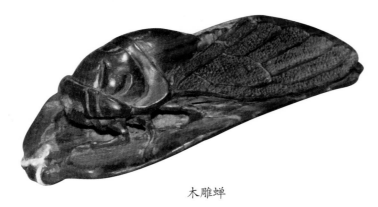

木雕蝉

玲蝉

《荀子·大略》云："饮而不食者，蝉也。"古人认为蝉"饮而不食"，为清洁之虫。青铜饮食器中的蝉纹，可能寓意饮食的洁净。而连续的蝉纹暗含"蝉联"之意，预示着权力的逐代延递，同时也表达了子孙昌盛、世代相传的期望。秦汉瓦当蝉纹，尤其是汉代的玲蝉、汉代画像砖石中的蝉纹以及东汉陶灯上的蝉塑，皆向人们表达了死而复生以至蝉蜕成仙的意象。汉商周青铜器中

清代青铜蝉纹鼎

出现少量的人面蝉纹，如陕西铜川出土弓形器中出现两个相对的人面蝉纹，这种人形蝉可能表示人通过蝉的蜕化而达到死而复生的目的。乐器上的蝉纹除表达图腾崇拜外，还可能寓意鼓声响亮，如1954年征集于广西郁林县（今玉林市）的铜鼓，鼓面上有并排竖立的蝉纹。

除了将蝉请进诗词歌赋中，文人还将蝉请进书房。文人爱蝉、咏蝉，实际上是为了表达自己高洁、超脱的心态。将蝉形砚置于案头，便可以与蝉朝夕相对，达到物我互通、以物言志的境界。重庆中国三峡博物馆收藏有两件明代蝉形歙砚，分别被鉴定为国家一级文物和国家二级文物。此外，安徽省博物馆、中国徽州文化博物馆、天津博物馆也收藏有歙石蝉形砚。

除酒器、食器外，蝉纹所装饰的器物也有兵器和工具等。许多在殷墟出土的矛、钺、弓形器等兵器上均有刻画的蝉纹，反映出商周时期人们对外部世界认识水平的有限以及对战争的敬畏之心。他们乞求神灵，取悦神灵，希望自己即使在作战中死去，蝉也能保佑其复生。

蝉形砚

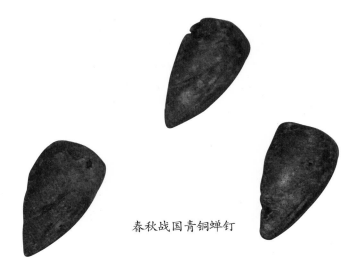

春秋战国青铜蝉钉

## 🐛 蝉鬓

蝉翼指的是蝉薄薄的透明的翅。蝉翼轻盈透薄，古代汉族女子会把鬓发梳理得如缥缈的蝉翼般美丽动人。这种发型似蝉身油黑光泽，又薄如蝉翼，若隐若现，因此这种发型又被称为"蝉翼""蝉鬓"。"蝉鬓""娇蝉"等也渐渐成为词作中对美女的代称。如"娇蝉鬓畔，插一枝、淡蕊疏梅"（晏几道《于飞乐》），"柳下玉骢双鞚。蝉鬓宝钿浮动"（贺铸《忆仙姿》），"蝉鬓半含花下笑，蛾眉相映醉时妆"（洪适《浣溪沙》），"蝉鬓加意梳，蛾眉用心扫"（白居易《妇人苦》）。

## 🐛 蝉的一生

蝉属于半翅目头喙亚目蝉科，全世界已知有3000多种，我国有200多种。它们的身体多为中到大型，头部两侧有一对大大的像琥珀一样的复眼，有3只小眼长在头顶上，呈三角形排列。触角细短，刚毛状。前后翅均为膜质，光滑而透明；翅脉发达，呈网状，合拢时呈屋脊状。前足为开掘式，股节常有刺或齿，适合挖土打洞。雌蝉的产卵器发达，适于将卵产在植物组织中。

蝉属于渐变态昆虫，一生要经过卵、若虫、成虫三个阶段。成虫靠吸食树干的汁液为生，所以它的口器又尖又长。古人认为蝉生性高洁，栖高饮露，其实它是在刺吸植物的汁液。若虫寄生在树根旁边，吸食树根的汁液。若虫与成虫的食性相同。

雄蝉放开歌喉，用没完没了的歌唱来吸引异性，雌蝉则用心鉴定可以托付终身的伴侣，然后与之交配。之后，雄蝉完成使命而死亡，雌蝉在树皮缝中产下下一代，几天之后也死去。

产卵时，雌蝉头部朝上，将尾部发达的、有锯齿的产卵器刺入树枝木质部内，造成爪状"卵窝"，然后在卵窝内产卵。每一卵窝内产卵6~8粒，一根产卵枝平均有卵90余粒。卵窝密接，呈直线排列，少数弯曲或呈螺旋状排列。所以，蝉对树木的为害，主要在产卵时期，被产卵的枝梢干枯而死。

卵于树枝内越冬，翌年春天孵化。刚出世的若虫只有1毫米长，身体多为白色或黄色，很柔软，遗留下来的外皮形成一条细丝，常

蝉展翅

将若虫倒挂在半空中，不久便落到地上，然后潜入土中生活。多年之后的一个黄昏，老熟若虫从土中爬出，并爬行上树，然后蜕皮羽化为成虫。蝉在羽化时，会表演一种高难度的体操。它腾空而起，将整个身体全部从壳中抽出，然后用六足紧紧抓住蜕壳，头朝上。卷曲的翅在重力的作用下慢慢展开，并尽可能张开。从开始蜕皮到翅完全张开，这个过程约需要40分钟。刚羽化的蝉，身体还比较柔软，色彩也比较淡，经过一夜的时间，身体慢慢硬化，色彩也开始加重，两对翅也合在了一起，成为我们白天在树上看见的蝉。

## 🦗地下生活

蝉的一生中，欢唱的成虫期只有短短的一至两个月，而之前的几年甚至十几年的时间都是在暗无天日的地下度过的。蝉的生活史一般为4~9年，最长的可以达到17年。

若虫孵化后，钻入植物根系附近的泥土中。在整个冬天，它们不吃不喝，处于休眠状态。到了来年春暖花开之时，它们才开始从植物根部吮吸富有营养的汁液来维持生命。地下尽管暗无天日，但是它们却能在那里吃得饱饱的，而且十分安全。

漫长的地下生活，若虫要为自己修建地下住所和活动的隧道。隧道深达数十厘米至一米，而且通行无阻，方便它爬上爬下，秋凉时钻入深土中越冬，而春暖后又可以向上迁移至树根附近取食。若虫要工作好几个星期，甚至好几个月，才能打出一条隧道。它会在隧道的墙上涂上硬"水泥"。在蝉的身上藏有一种极黏的液体，掘土的时候，它先将液汁喷洒在泥土上，使泥土变柔软，再用它肥重的身体压上去，把烂泥挤进干土的缝隙里，形成坚硬的墙壁。所以，当蝉在地面上出现时，有时候身上会有许多潮湿的泥点，甚至蜕皮之后，泥土还粘在剩下的空壳上。

在隧道的顶上，留着一层一指头厚的土，便于隐藏，并可以抵御外面不利的气候，直到要出土的最后一刹那。如果感觉到外面有雨或风暴，它就会继续钻入温暖的隧道底下。但是如果气候看来很温暖，它就用爪击碎天花板，爬到地面上来了。在夏季阳光暴晒、久经践踏的道路上，人们有时会发现很多圆孔，这些圆孔与地面相平，大小约如人的拇指。蝉的若虫就是从这些圆孔里爬出的。

蝉出洞

## 蝉鸣

蝉声似海。这句话一点都没错，蝉是不知疲倦的歌手。酷夏的中午，唯有蝉宏阔嘹亮的歌声占据着整个夏季的天空，毫不起眼的蝉似乎蕴藏着巨大的能量。这是夏日里的蚱蝉，它们总是"知了，知了……"叫个没完。

蚱蝉有群鸣的习性，往往一只蝉叫起来，其他蝉也跟着凑热闹，这样一带十、十带百，一时间恨不得形成"万蝉大合唱"；如果有一只蝉的歌声停下来，其他的蝉也会慢慢地停下来，演唱会便进入"中场休息阶段"。蟪蛄的个头较小，喜欢栖息在树干上，比蚱蝉出现的要早，一般五六月份蟪蛄就开始鸣叫了。蟪蛄的鸣声没有蚱蝉那么高亢洪亮，听上去就像"吃吃吃"，单调而干涩。蒙古寒蝉一般在深秋的时候才会欢唱，声音似"吱——哇，吱——哇……"，不过声音低微、单调，沙哑而断续，充满凄凉感。

会鸣叫的蝉都是雄蝉。雄蝉之所以歌声嘹亮，是因为它的第二腹节两侧各生有一个"发音器"，发音器由最外面的半圆形盖板、富有弹性的极薄鼓膜、与鼓膜相连的鼓肌和大气囊组成。发声时，鼓肌伸缩，鼓膜受到振动而发出声音，盖板和鼓膜之间的大气囊可以起共鸣的作用，所以其鸣声特别响亮。雌蝉没有发音器，所以它们都是"哑巴"。不过没关系，它们的听力很好，能在万千歌声中找到自己的如意郎君。雌蝉的"听器"长在腹部。

除了求偶及召唤之外，蝉的鸣声还有警告的作用。在人去捉蝉的时候，蝉也会发出鸣声，但与它在树上的高亢歌声完全不同，也许是受了惊吓发出的恐惧的声音，也许是重获自由后发出的惊魂未定的声音，这种声音是对其他蝉的一种警告，提醒它们要隐藏好，不要被敌人发现。

## 蝉的食用和药用

蝉肉是一道非常鲜美的菜肴，虽然整蝉都可以吃，但最美味的还是蝉的胸部，因为胸部是蝉的运动中心，行走和飞行都靠胸部肌肉来完成，所以小小的蝉胸部肌肉却很有力量，肉也非常有嚼头。蝉肉有多种做法，可以红烧、煎炸、烧烤，农村孩子会把蝉抓回来直接扔进刚做完饭的柴火灰烬里，过一会扒出来吃，这有点类似于我国先民捕蝉而食的方法——耀蝉，在野地里燃起熊熊篝火，引诱蝉扑火而被烧熟。

蝉肉的食用最早文字记载见于《礼记·内则》"爵鷃蜩范"，郑玄注："蜩……皆人君燕食所加庶羞也。"说明蜩（蚱蝉）是周礼制度规定下天子人君享用的美味。西安历史博物馆藏有一个东汉的陶烤炉，而炉上的两个烤架上各放置有4只蝉，说明东汉时期有烤蝉的食用方法。

蝉肉

蝉肉被称为现实版的"唐僧肉"。其老熟若虫和成虫均是高蛋白、低脂肪的营养食品，所含营养物质非常丰富，蝉体所含的干基蛋白超过70%，而脂肪只有7%左右，而且维生素及各种有益微量元素的含量都高于一般家畜、家禽等肉类食品。

蝉蜕是蝉的若虫在羽化之前蜕下的最后一次皮。蝉蜕又名蝉衣，是我国常用的传统中药材。《神农本草经·中品》"蚱蝉"条载："味咸寒。治小儿惊痫、夜啼、癫病、寒热。生杨柳上。"

蝉蜕

蝉蜕中富含甲壳素、异黄质蝶呤、赤蝶呤及腺苷三磷酸酶等活性成分，常用于治疗外感风热、咳嗽音哑、咽喉肿痛、风疹瘙痒、目赤目翳、破伤风、小儿惊痫、夜哭不止等症。《中国药材学》记载，蝉蜕还有益精壮阳、止咳生津、保肺益肾、抗菌降压、治秃抑病等作用。

蝉虫草俗称蝉花、蝉茸、金蝉花等，是真菌蝉棒束孢菌感染蝉科昆虫的若虫时形成的虫菌复合体。子座直立，单生或2~3个丛生，孢梗束自虫体头部成束长出，浅黄色，长1.5~6厘米，前端膨大，呈纺锤形。蝉虫草的寄主包括山蝉、蟪蛄、蚱蝉、竹蝉和鸣鸣蝉等蝉科昆虫的若虫。

蝉虫草生长于热带和亚热带的常绿阔叶林、落叶阔叶林、针阔叶混交林及竹林等生境。在上海、浙江、福建、安徽、江苏、广东和江西等地多分布于竹林，在云南、四川、贵州、陕西、海南和广西等地则多生长于阔叶林和针阔叶混交林。

蝉虫草富含多种氨基酸、多糖、甘露醇、麦角甾醇、腺苷、微量元素等成分，是我国传统的中药材，有着广泛的药理活性，如提升免疫能力、改善肾功能、抗肿瘤和抗氧化等，其地上部分子实体及地下部分寄主昆虫的尸体均可药用。

蝉虫草被认为是最具开发利用前景的珍贵菌类之一。蝉虫草在我国已有至少1500年的应用历史，比冬虫夏草的应用记载还要早200多年。南北朝《雷公炮炙论》最早记载了蝉虫草的炮制方法和应用。隋唐《药性论》对蝉虫草的形态有了进一步的描述。《本草纲目》也有"蝉花可治疗惊痫，夜啼心悸，功同蝉蜕"的记载。

蝉虫草

# 诗经里的
# 蛾

硕人其颀，衣锦褧衣。齐侯之子，卫侯之妻。东宫之妹，
邢侯之姨，谭公维私。

手如柔荑，肤如凝脂，领如蝤蛴，齿如瓠犀，螓首蛾眉，
巧笑倩兮，美目盼兮。

硕人敖敖，说于农郊。四牡有骄，朱幩镳镳。翟茀以朝。
大夫夙退，无使君劳。

河水洋洋，北流活活。施罛濊濊，鳣鲔发发。葭菼揭
揭，庶姜孽孽，庶士有朅。

——《诗经·卫风·硕人》

　　蝴蝶是美丽的化身，是爱情的象征，是吉祥如意的代名词。我
们常常看见美丽的彩蝶在花间飞舞，舞姿优美灵动，时而在花上停
歇，时而在空中追逐，美不胜收。而蛾类却很少被我们称赞，因为
大部分蛾类都是灰扑扑的，而且体形较小，总是趴在那儿一动不动，
并没有美感。蛾类甚至还被当作贬义词，比如扑棱蛾子、幺蛾子。
但最早用于描述女人美貌的却是蛾类。《诗经·卫风·硕人》这样描
述美人："手如柔荑，肤如凝脂，领如蝤蛴，齿如瓠犀，螓首蛾眉，
巧笑倩兮，美目盼兮。""蛾眉"指的是像蚕蛾触角一样的眉毛。"蛾
眉"一词的发明与先秦时期的养蚕文化关系密切，因为养蚕业是先
民的立命之本，人们对蚕蛾喜爱又崇拜，蚕蛾的一对触角相互对称，
弯弯而细长，很像漂亮女人的眉毛，"蛾眉"由此而来。

蚕蛾的触角
"蛾眉"

## 🦋 "蛾眉"所指

用"蛾眉"二字比喻美人漂亮的眉毛，形象而生动，从《诗经》开始，经过两三千年的发展，这种比喻一直延续至今，并在历朝历代诗词、成语、小说中得到了广泛的应用。不过，随着时代的发展，"蛾眉"所指代的内容也在不断地扩展，从指代女子漂亮的眉毛，发展为指代美丽的容貌，进而指代美人。

白居易在乐府诗《妇人苦》中写道："蝉鬓加意梳，蛾眉用心扫。几度晓妆成，君看不言好。"李白在《怨情》诗中写道："美人卷珠帘，深坐颦蛾眉。但见泪痕湿，不知心恨谁。"温庭筠《菩萨蛮》词："小山重叠金明灭，鬓云欲度香腮雪。懒起画蛾眉，弄妆梳洗迟。照花前后镜，花面交相映。新帖绣罗襦，双双金鹧鸪。"曹雪芹的《红楼梦》（五十二回）中写道："晴雯听了，果然气得蛾眉倒蹙，凤眼圆睁，即时就叫坠儿。"长孙左辅《忘行人》云："已得并蛾眉，还知揽纤手。"这些诗词中的"蛾眉"都是比喻漂亮的眉毛。此外，宛转蛾眉、蛾眉皓齿、蛾眉曼睩、蛾眉紧蹙等都是描述美人眉毛的成语。

屈原的《楚辞·离骚》中："众女嫉余之蛾眉兮，谣诼谓余以善淫。"高适的《塞下曲》中："荡子从军事征战，蛾眉婵娟守空闺。"刘希夷的《代悲白头翁》中："宛转蛾眉能几时，须臾鹤发乱如丝。"这些诗词中的"蛾眉"都是指美丽的容貌。

白居易的《长恨歌》中："六军不发无奈何，宛转蛾眉马前死。"骆宾王的《为李敬业传檄天下文》中："入门见嫉，蛾眉不肯让人。"陆厥的《南郡歌》中："双珠惑汉皋，蛾眉迷下蔡。"高爽的《咏镜》："初上凤皇墀，此镜照蛾眉。言照长相守，不照长相思。"这些诗词中的"蛾眉"则指美女。

此外，蛾眉还有飞蛾的意思，如曹寅的《北行杂诗》之十三："蛾眉不自爱，扑暗一篷灯。火猛何如吏，心安即是僧。"蛾眉还可以指新月、残月，如窦弘余的《广谪仙怨》："伤心朝恨暮恨，回首千山万山。独望天边初月，蛾眉犹自弯弯。"

## 蝶和蛾的区别

蝶和蛾组成了昆虫纲的第二大目——鳞翅目。抓一只蝴蝶在手，你会发现手上沾满了粉末。这是蝴蝶翅上的鳞片，鳞翅目由此得名。不过，蝴蝶只占鳞翅目昆虫种类的10%，另外90%的种类都是蛾类。我们之所以能看见那么多蝴蝶，却很少见蛾类，是因为蝴蝶是白天

蝴蝶

活动夜间休息，而蛾类是夜间活动白天休息。

蝶和蛾的触角有明显不同，蝴蝶的触角是棒状或锤状的，即触角上端部明显增粗或膨大，而蛾子的触角通常呈丝状、栉状或羽状，但不会是棒状或锤状的。古人也说蝴蝶的触角像男人的漂亮胡须，蛾子的触角像女人的漂亮眉毛。李时珍的《本草纲目》中有"蝶美于须，蛾美于眉"的记载，说明早在明朝，人们便懂得使用触角的形态区分蝴蝶与蛾子了。

蝶和蛾的腹部特征也有所不同，蝴蝶的腹部细长而苗条，而蛾子的腹部却粗壮肥大。静止时翅的摆放位置也不同，蝴蝶通常是两翅垂直竖立于背上，而蛾子的两对翅则垂于身体两侧，呈屋脊状。

## 神奇的触角

其实，像"蛾眉"一样的触角应该是羽毛状和栉齿状，这类触角不但弯曲细长，而且触角上的一根根羽丝很像人类眉毛上的一根根眉毛。当然，还有一些蛾类的触角为锯齿状、丝状等。这些形状不同的触角，却有着同样的功能。蛾类基本在夜间活动，因此，其行为活动如觅食、求偶、交配和产卵等活动主要依靠嗅觉，而嗅觉器官就长在蛾类的触角上。蛾类的触角上有很多嗅觉感受器，能感受分子级化学物质的刺激。有些种类的雄蛾能够感受到千米之外的雌蛾分泌的性信息素。另外，蛾类的触角上还有很多触觉感受器，能够感受微小机械作用的刺激。

大多数昆虫是雄性追求雌性，而蛾类却是少有的"女追男"。蛾类性成熟后，一般是雌蛾散发求偶的性信息素，这种气味只要有一点儿挥散到空气中，身在几米、几十米，甚至上百米之外的雄蛾就能通过它那神奇的触角感受到。不同种类的雌蛾分泌的化学物质不同，这便于同种的蛾类找到自己的伴侣。当雄蛾感受到雌蛾释放出的性信息素后，就会沿着性信息素的气味轨迹找到释放性信息素的雌蛾，然后也会释放雄性信息素来诱导雌蛾进行交尾。雄蛾释放性信息素是为了能够回应同种雌蛾的招引，同时还能扰乱和排斥周围其他同种雄蛾前来交配。

不同种类的蛾类散发性信息素的部位也有所不同。家蚕的雌蛾性成熟以后，腹部末端会长出两个小肉球，这种肉球可以散发出

家蚕的小肉球

能够吸引雄蛾的性信息素，雄蛾触角上的味觉感受器只要"闻"到这种"销魂"的气味，雄蛾就会兴奋地飞过来，迫不及待地与雌蛾交配。灯蛾的腹部末端具有一个特殊的爪状结构，称为发香器。发香器表面布满了毛，平日里藏在灯蛾的腹部之中，在夜晚无风的时候，可以通过呼吸系统将其充气，从尾部伸出以散发性信息素吸引异性的到来。雌灯蛾的发香器所发射的荷尔蒙能吸引到11千米以外的雄蛾。这真是"有缘千里来相会"。

## 飞蛾扑火

　　李贺的《伤心行》中写道："灯青兰膏歇，落照飞蛾舞。"是的，在夏日的夜晚，在路灯下或者点燃篝火后，常常有一些飞蛾围绕着灯火打转，一直转到撞死、烧死或精疲力尽而死。

　　那么，飞蛾为什么非要慷慨赴死呢？灯火对它们来说意味着什么呢？

　　在夜间活动的飞蛾不是靠复眼看路的，而是以月亮作为灯塔来导航的。飞蛾总是保持使月光投射到其复眼的某个固定部分，这样就可以使它朝一定的方向飞行。当它因为逃避敌害或绕过障碍而转向以后，还是要调整方向，朝着原定月光

灯蛾的发香器

照射的角度和方向飞行。这种利用星空天体来辨明方向和导航的方法是一种"天文导航"。如果在飞行中遇到灯火，飞蛾就会产生错觉，误把近在咫尺的灯光、火光认为是遥远的月光，进而利用它的光线来导航。但不幸的是，灯火的光线是散射光线，有很多条。当它根据一条光线的角度飞过灯火时，就会遇到另一条光线，这时光线投射到它眼里的角度就改变了，而它这时候却以为自己的飞行方向发生了偏离，所以通过转身来修正自己的航向，当它再次飞过灯火时，又不得不再次修正航向，于是，它就不停地围绕着灯火转起圈来，直到落得被烧死、撞死的悲惨结局。

## 夜行性传粉蛾类

一提到传粉昆虫，我们想到的就是那些白天在花间飞舞的各种昆虫。事实上，在夜间授粉的植物，包括很多农作物及野生植物，都需要夜行性传粉昆虫的服务，特别是蛾类。蛾类基本上都是夜间活动，所以夜行性蛾类传粉系统对整个传粉服务系统都具有重要的贡献。

夜间授粉的植物有一些不同于在白天授粉植物的特征。这些植物通常在黄昏或者晚上开花，一些特定的植物（例如紫茉莉）在白天花会关闭；花色通常是白色或苍白色，在夜间昏暗的光线下也能被看到，它们还会释放一些气味来吸引传粉昆虫；夜间授粉的花通常有较深的管状花冠，底部有花蜜积累，只有蛾类的喙才能够得着。

蛾类倾向于访问花冠长度与它们的喙的长度差不多的花，即有特定长度的喙的蛾类偏好一些特定物种的花。蛾类最初访花是为了获取花蜜，花蜜是大部分蛾类成虫的主要食物。蛾类在花上产卵，可以保证它们的幼虫有足够的食物，由蛾类传粉的花通常会为蛾类提供花蜜或产卵场所。

蛾类比其他夜行性昆虫搬运花粉的距离更远，这种长距离的花粉转运对植物具有重要的遗传影响，有助于距离较远的植物种群间的基因交流。在某些情况下，即使是昼行性传粉的植物，也可能需要夜行性传粉系统来获得最大的繁殖率。比如在金银花的传粉系统中，蛾类比蜜蜂的传粉效率更高。蜜蜂采蜜是为了喂养幼虫，它们必须比蛾类采集更多的花蜜才能达到相同的传粉效率，因此，由蛾类传粉的植物通常只需要生产较少的花蜜。

目前已知的传粉蛾类有三分之二都是大蛾类。它们在热带雨林、热带草原、温带针叶林、草地、海洋岛屿等多种生态体系中都是重要的传粉者。有研究认为，蛾类在植物授粉中的重要性仅次于蜜蜂。夜行性传粉蛾类在热带最为常见，夜晚开花的高大乔木、水生植物和草丛小花等都有蛾类在活动。

还有很少的一部分蛾类与蝴蝶一样是白天活动的，其中最引人注目的就是长喙天蛾和透翅天蛾了。到了春暖花开的时候，我们就会在花丛中看见一种奇怪的"小鸟"，它似乎永不疲倦，从不在花上或者叶上停歇，而是一直在飞舞，不停地伸出长长的喙吸食花蜜。吸蜜的时候表演着高难度的悬停动作，双翅快速振动，发出"嗡嗡嗡"的声音，身体保持在一个合适吸蜜的高度，振翅的时候会露出翅腹面漂亮的橘黄色，很多人看到后都会激动地认为这就是传说中的蜂鸟，因为它的体形跟蜂鸟差不多，飞行姿态也很像蜂鸟。遗憾的是，蜂鸟生活在美洲，在中国乃至亚洲都没有分布。其实这种"小鸟"就是长喙天蛾，属于鳞翅目天蛾科长喙天蛾属。这

透翅天蛾

柞蚕

类天蛾数量很多，在我国分布很广。透翅天蛾也具有这种类似蜂鸟的吸蜜习性。透翅天蛾属于天蛾科透翅天蛾属，双翅大部分区域都是透明的，没有鳞片覆盖，透翅天蛾由此得名。

## 蛾类资源昆虫

虽然蛾类幼虫大多数都是农、林、仓储害虫，给我们的生产和生活带来了很大的危害，但是蛾类对人类的贡献也非常大，除了为植物传粉之外，很多蛾类都是重要的资源昆虫，有些种类可以生产丝织品，有些种类可以作为药材，有些种类是营养丰富的食品，有些种类还可以生产出中国传统的茶饮品。

## 产丝蛾类

蛾类幼虫吐丝结茧是为了在一个安全的环境中化蛹和羽化，但这个丝质的茧却在很早以前就被我们的先民发现和利用了。

家蚕和柞蚕是我们人类利用最早，而且利用得最好的产丝蛾类，虽然两者所产丝的丝质有所不同，但我国这两种蛾类的丝产量在国际上远高于其他国家，丝织品都是享誉国内外的高档服饰用品。天蚕又名山蚕，属鳞翅目天蚕蛾科。天蚕的驯化没有像家蚕和柞蚕那样受到重视，但天蚕丝具有天然的宝石绿色，强力和伸度都明显优于家蚕丝，被视为丝中珍品，有"丝中之王""金丝""梦的纤维"等美称。蓖麻蚕又名印度蚕、木薯蚕。蓖麻蚕的茧丝颜色为白色或淡黄色，但光泽稍逊于家蚕茧，茧层比较松软，不能缫丝，只能做绢丝。大山蚕又名乌桕大蚕蛾，茧丝为紫褐色，由茧丝制成的丝绢为斑褐色粗绢，名叫山蚕绸或茧绸。大山蚕制成的衣服，既透气又保暖，穿在身上可谓冬暖夏凉，所以也称为"四季衣"。

## 食用蛾类

可食用的鳞翅目昆虫占可食用昆虫总数的18%，仅次于鞘翅目昆虫。其中，可食用的蛾类比蝶类多，主要有枯叶蛾科、螟蛾科、蚕蛾科、天蚕蛾科和天蛾科等蛾类。蛾类可食用的虫态主要为幼虫和蛹，也有部分成虫。我们在市场上常见的蚕蛹就是家蚕和柞蚕的蛹，家蚕和柞蚕的幼虫也可以食用，成虫食用的较少。另外蚕蛹还

柞蚕蛹

玉虫草

可做成蚕蛹罐头、蚕蛹肠等。柞蚕蛹皮、柞蚕蛹油、柞蚕卵、柞蚕幼虫、柞蚕蛾油都具有一定的药用和营养价值。

在我国云南，人们有食用松毛虫的传统，至少有100多年的历史。食用的主要虫态为蛹，还有一些少数民族食用老熟幼虫和成蛾。松毛虫可以说是一种很特殊的昆虫资源，因为迄今为止它还是一种非常严重的害虫，但它的蛹对于当地人们来说却是一种营养美味的食品，煎炒烹炸，各种方法都可以做出美味。我国科学家也正是看中了这一点，正在努力变害为宝呢。

黄刺蛾秋后在树枝上结硬茧，老熟幼虫在茧中越冬。黄刺蛾的茧被称为杨喇罐。虽然黄刺蛾低龄幼虫身上有毒毛，但是越冬的老熟幼虫却退去了毒毛，可制做成营养滋补、香甜美味的食品，在东北这是一种非常出名的特产小吃，可以用火烤着吃，也可以炒着吃。

## 🦋 药用蛾类

草蝙蝠蛾是冬虫夏草的主要寄主昆虫，隶属于鳞翅目蝙蝠蛾科。草蝙蝠蛾生活在海拔3500~4000米的高山草甸区。幼虫均生活于高山草甸和棕色、暗棕色针、阔叶林的土壤中，以植物根及根芽为食，幼虫6龄，多以3~5龄幼虫越冬。越冬时潜于冻土层下方5~20厘米处，幼虫耐寒性强，在零下3摄氏度时也不会被冻

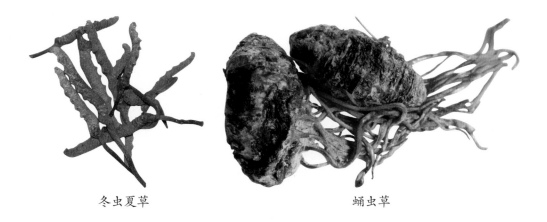

冬虫夏草　　　　　　　　　　蛹虫草

死，0摄氏度时越冬幼虫即可复苏活动。冬虫夏草的"虫"就是草蝙蝠蛾幼虫，冬季前后有一种称为虫草菌的真菌侵入草蝙蝠蛾的老熟幼虫体内，它以幼虫体内的物质为营养，随即滋生出许多新的菌丝，菌丝逐渐充满虫体全身，幼虫即变得僵硬而死，故名"冬虫"；到了夏季，真菌丝体由营养生长转入生殖生长，从死虫的头顶长出管形的菌座露出地面，故名"夏草"。冬虫夏草是我国药用昆虫中的珍品，是与人参、鹿茸齐名的三大传统补品之一，其研究最为深入，应用历史最长，药用和食疗价值最高。

蛹虫草又名北冬虫夏草、北虫草、北蛹虫草等。蛹虫草是一种新资源食品，具有很好的药用和食疗价值。在野生环境中，很多蛾类都是蛹虫草的寄主，比如桑蚕、扁刺蛾、油茶尺蛾、云南松毛虫、马尾松毛虫等。这些蛾类的蛹被虫草属的一种真菌寄生后，在蛹体的头部或节部长出单个或数个真菌子座，蛹体和子座的复合体称为蛹虫草。柞蚕是蛹虫草的主要寄主昆虫，将野生的蛹虫草菌株分离、培养、驯化之后，接种到柞蚕蛹体内，在蛹体上长出像草一样的真菌子实体。这种子实体和柞蚕蛹的复合体就是柞蚕蛹虫草。柞蚕蛹虫草所含的虫草素、虫草酸、虫草多糖及氨基酸都比野生的蛹虫草要高，在药品、保健品和功能性食品开发中具有很高的价值。

## 蛾类饮品——虫茶

虫茶是昆虫食叶后排泄的虫粪粒炮制的奇特饮料，是我国特有的茶种，在我国具有悠久的生产和饮用历史，是我国传统出口的名牌特种茶。明代李时珍在《本草纲目》中记载："茶蛀虫，此装茶笼内蛀虫也，取其屎用……"虫茶产自绿色无污染的原始山区。虫茶主要有两类：一类是由米黑虫取食苦茶而获得；另一类是由化香夜蛾幼虫取食化香树叶而获得。虫茶种类主要有化香虫茶、白茶虫茶、三叶虫茶。虫茶是热带、亚热带地区高温作业人员及华侨的重要饮料。

米黑虫是米缟螟的幼虫，又名糠虫、米缟螟蛾、黑裸虫、茶蛀虫、茶虫。米缟螟属于鳞翅目螟蛾科缟螟属，老熟幼虫除头部及各节间膜处为棕色外，全体为黑色，故称米黑虫。米黑虫是一种世界性仓储害虫，危害禾谷类、油籽、烟草、棉花、茶叶、蚕、动植物标本、中药材等。幼虫喜欢群居，吐丝连缀食物残渣形成管状巢，在隧道中取食。随着幼虫长大，管状巢也逐渐加大。幼虫孵化后取食苦茶叶片，留下叶柄和小枝。老熟幼虫将管状巢两端吐丝封闭成茧，化蛹其中。成虫昼伏夜出，白天潜伏于苦茶叶堆中，夜间在堆中交尾产卵，一般较少迁移。幼虫的虫粪能作药茶饮用。米黑虫是贵州地区以白茶为寄主植物生产虫茶的主要昆虫种类之一，它取食白茶所产的虫粪经一系列加工后即为白茶虫茶，取食三叶海棠叶产生的虫粪称为三叶虫茶。

虫茶

# 诗经里的
# 桑蚕

七月流火，八月萑苇。蚕月条桑，取彼斧斨，以伐远扬，
猗彼女桑。七月鸣鵙，八月载绩。载玄载黄，我朱孔阳，
为公子裳。

——《诗经·豳风·七月》

鞫人忮忒，谮始竟背。岂曰不极，伊胡为慝？如贾三倍，
君子是识。妇无公事，休其蚕织。

——《诗经·大雅·瞻卬》

我徂东山，慆慆不归。我来自东，零雨其濛。我东曰归，
我心西悲。制彼裳衣，勿士行枚。蜎蜎者蠋，烝在桑
野。敦彼独宿，亦在车下。

——《诗经·豳风·东山》

　　《路史·后纪五》载："（黄帝）元妃西陵氏曰嫘祖……以其始
蚕，故又祀先蚕。"古人认为是黄帝的妻子嫘祖发现了可以将蚕茧
的丝抽出来制成衣服，并且亲手将养蚕缫丝的技术教给了老百姓。
　　在殷墟出土的甲骨文里，我们也发现了"桑""蚕""丝""帛"
等文字。《诗经》记载了许多关于栽桑养蚕、缫丝织绸、缝制衣裳
的诗句。《诗经·豳风·东山》中有"蜎蜎者蠋，烝在桑野"，说
明那时野外的桑树很多，桑树上的蚕也很多。《诗经·大雅·瞻卬》
是一首讽刺周幽王乱政亡国的诗，其中"妇无公事，休其蚕织"的

颐和园长廊绘画——嫘祖教民养蚕图

意思是女人不要干涉朝政，而应该从事养蚕织布等女工活。可见那时候，养蚕织布已经是妇女的一项日常工作了。《诗经·豳风·七月》中"蚕月条桑，取彼斧斨"，是说我们的古人早在三月就开始养蚕了。古人用蚕这个物候虫来代表月，把三月叫蚕月，也说明三月是养蚕月，这时候该修剪桑树枝，采摘嫩桑叶来养蚕了。《诗经·卫风·氓》中的"抱布贸丝"，是说周代已经出现了桑蚕织丝之间的商品贸易，多为以物换物的形式。汉代乐府《陌上桑》中的"罗敷喜蚕桑，采桑城南隅"，更是描绘了一幅采桑女采桑时的幸福美景。

桑蚕业对我国先民的生活具有重大的影响，在古代社会发展中占有重要地位，甚至上升到了政治层面。《史记》记载，春秋时期，吴、楚两国因为"二女争桑"引发了一场长达几十年的战争。吴、楚是邻国，吴国的卑梁城和楚国的钟离城处于两国的边界，那里的桑蚕业是老百姓的主要生活来源之一，两国边境也因为采桑叶的问题屡有摩擦。有一次，楚国钟离城一女子与吴国卑梁城一女子在边境线上同时发现了一棵桑树，都说这是自己国家的，不许对方采摘，并大打出手。后来两人又发动了各自家族的人过来打架，事态不断升级，两国的地方部队开始在边境作战，最后发展到两个国家之间的大规模战争。

## 源远流长的桑蚕文化

蚕自古就有"天虫"的美誉。"蚕"字上"天"下"虫"，从人们认识它开始，就发现了它的神奇。5000多年来，这条吐丝的小虫带给人类的不仅仅是丝绸，而是一个奇迹、一种文化、一条通向文明的道路。

因为桑蚕业与先民的生活息息相关，所以先民对于发明养蚕制丝技术的人——嫘祖满怀敬畏和崇拜之情，人们尊称她为"蚕神"或"先蚕娘娘"。清乾隆七年，在北京的北海公园建了先蚕坛，作为清朝皇帝的后妃们祭祀蚕神的地方。1990年就被收入《吉尼斯世界纪录大全》的颐和园长廊彩绘（始建于1750年）中，约有200幅关于人物故事的彩绘，其中一幅就是嫘祖教民养蚕的传说故事。

先蚕坛

1926年在山西夏县西阴村发现的距今5000多年前的半个蚕茧，以及2020年在夏县师村发现的一枚距今6000年前的雕刻精细的石雕蚕蛹，使得很多专家认为，山西省夏县是嫘祖教民养蚕之地，而在那个时代，我们的先民很可能已掌握了养蚕缫丝的技术。山西夏县西阴村也专门建立了祭祀"先蚕娘娘"的嫘祖祠。

我国历朝历代的统治者对养蚕业都很重视，有"农桑并举""一妇不蚕，或受之寒"的说法。《礼记·祭统》指出："是故，天子亲耕于南郊，以共齐盛；王后蚕于北郊，以共纯服。诸侯耕于东郊，亦以共齐盛；夫人蚕于北郊，以共冕服。天子、诸侯非莫耕也，王后、夫人非莫蚕也，身致其诚信……此祭之道也。"原来，每年到了春耕之时，不仅皇帝、诸侯等男人们要"亲耕"，王后、夫人等女人们也要"亲蚕"，以尽"蚕桑"之礼，以此为天下百姓作表率。

蚕、蚕纹等蚕的形象也被较早地刻在各类不同的器物上，并且制作了不同材质的蚕和蚕蛹等造型艺术作品。夏商周时期出现了大量的蚕纹青铜器和蚕形玉器。青铜器在我国古代是王权的集中体现，而玉是"礼天"和"祭地"的重要礼器。新石器时期出现的陶蚕蛹说明那个时期蚕已经被作为图腾来崇拜。汉代的鎏金铜蚕，仰头吐丝、金光灿灿，这样的"金蚕"大多作为王公贵族的殉葬品或者纪念品，可见蚕在当时社会的地位之高。

蚕是黎民百姓的经济来源，蚕虫和蚕丝的质量关系着普通老百姓的生计，因此先民也将对蚕的崇拜纳入日常生活和生产中。每天在养蚕之前，都要进行祛蚕祟活动，用神器或者法术驱赶一切有害于蚕的病害、虫害和鬼邪等。民间有很多关于蚕的节日，在节日当天，人们通过各种方式祈求蚕神为蚕宝宝清病祛灾，以保蚕桑丰产，事事顺遂。蚕农们认为既然人要过年，那么给人们带来经济利益的蚕宝宝也应该过年，所以把农历正月初八定为"蚕日"。农历二月初八是浙江宁海皇岗的讨蚕花庙会，庙会期间，蚕农要用香、烛、饭、菜来祭蚕神、讨蚕花，蚕农们还要进行养蚕经验交流。农历五月十三，江苏娄东一带的蚕农们都要备酒请客，庆祝蚕茧丰收，感谢蚕神的恩德，称为"吃蚕娘饭"。腊月十二是江苏、浙江一带汉族蚕农心中"蚕花娘娘"的生日，这一天蚕农们要进行多种形式的祭祀活动，如拜蚕花娘娘、蚕花忏、蚕花缘、清蚕花、做茧

卧蚕纹璜（战国中期）　　　　　玉蚕（战国中期）

圆、熏蚕种等。"扫蚕花地"是浙江潮州、嘉兴蚕区一带广泛流传的蚕俗之一。在每年的春节、元宵、清明期间，关蚕房门生产以前，蚕农都要请艺人到蚕房来表演。每年的清明时期，湖州含山都会举行祭拜蚕花娘娘的"蚕花庙会"，而举办庙会这一天也被称为"蚕花节"。当天附近的蚕农们集中到含山村进行祭拜蚕神、轧蚕花、蚕花舞、背蚕娘、评蚕花姑娘、吃蚕花饭等一系列活动。

## 我国桑蚕业的发展

中国是世界上最早从事桑蚕织丝业的国家，自古就有"东方丝国"的美称。我国桑蚕织丝业的发展大致经历了商周、秦汉、魏晋隋唐、宋元明清和近现代五大阶段。秦汉时代，缫丝、养蚕及织绸技术逐渐上升到全新的发展高度。而宋代已经开始设置蚕官来管理蚕事，桑蚕产业逐渐向南转移。北宋后期，扬州高邮大词人秦观所著的《蚕书》，是我国现存最早的一本蚕业专著。

我国南方地区多属于温带及亚热带地区，那里的气候环境非常适合桑蚕的生长。广州宝桑园使用被联合国粮农组织定为人类最佳生态方式之一的桑基鱼塘，以塘基种桑、桑叶养蚕、蚕沙喂鱼、鱼粪肥塘、塘泥壅桑的物质循环再生方式，提升资源综合利用效率，保护生态环境。目前，我国已经有20多个省份开展了桑蚕养殖，2020年全国桑园面积达1211.77万亩，桑蚕养殖业为我国经济发展作出了巨大贡献。

在传统养蚕过程中，最繁忙的是上簇，即将蚕收集、移放到簇

方格簇

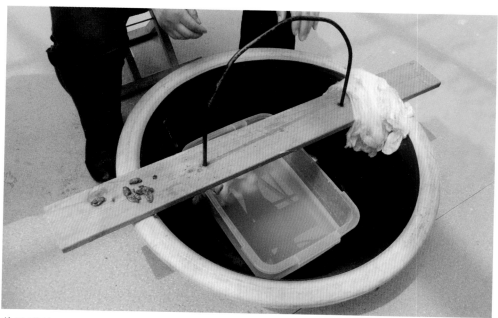

传统缫丝

具上，让其吐丝结茧。随着科学技术的不断进步，许多蚕房都安装了方格簇自动上簇装置，一串串均匀挂吊的方格簇上，簇架可自动下降，让熟蚕自动上簇结茧，然后升高方格簇清理蚕房，提高蚕茧质量。另外缫丝技术也由原始的将蚕茧置于热盆汤中，用手抽丝，之后将丝卷绕于盆、筐上，改为运用机器自动缫丝，织造技术也由传统的将生丝分成经纬线置于木质纺织机上织成丝织物，改为利用自动化机织丝。再加上印染技术的自动化，便可制出精美的面料和华美的服饰。

桑蚕机械化生产技术推广成为桑蚕业的必然趋势。规模化、现代化和技术化，是当前科学桑蚕养殖技术的主要特征。未来的桑蚕养殖技术将会依托物联网技术的发展和进步，走向高度自动化和智能化。

## 丝绸之路——"一带一路"

小小的桑蚕给人类带来的不仅仅是服装材料的改变，也不仅仅是国人生活方式的改变，更是开创了一条古代中国与其他国家之间非常重要的商业和文化交流通道——丝绸之路。2000多年前，汉武帝派张骞出使西域，从而有了一条"丝绸之路"，这条"路"始于我国西汉都城长安，沿着昆仑山北坡西行，经中亚、西亚，到罗马等地区。通过这条"路"，不仅将我国的丝绸制品传到欧洲、西亚、中亚等国家，我国古代的大豆、水稻、茶叶等产品也传播到了这些地方。1987年，西安市政府为了纪念丝绸之路2100周年，修建了丝绸之路群雕。这组雕塑的主体是跋涉于丝绸之路上的一队骆驼商队，其中有唐朝人，也有波斯人。到了魏晋南北朝时期，由于各国在桑蚕织丝技术上的交流更加密切，于是又出现了"海上丝绸之路"。唐宋时期，丝绸产业的发展中心逐渐从黄河转移到长江，桑蚕丝绸产业的发展又有了进一步的提高，进而发展了草原、陆上、海上等多条"丝绸之路"。

2013年起，我国提出了"一带一路"（即"新丝绸之路经济带"和"21世纪海上丝绸之路"）的合作倡议和行动。古老的丝绸之路又通过"一带一路"焕发了新的活力，将丝路沿线各国再一次凝聚在一起，共同打造政治互信、经济融合、文化包容的利益共同体、命运共同体和责任共同体，而小小的桑蚕正是几千年来我国和各国人民友好往来的见证。

## 蚕的一生

　　蚕是一种完全变态的昆虫，一生要经历卵、幼虫、蛹和成虫四个阶段。蚕的一个生命周期大约是60~80天。蚕的一生从雌蛾产下的卵开始。1只雌蛾可以产卵约600粒。卵就像芝麻那般大小，扁扁的，近椭圆形。刚产下的卵是淡黄色的，之后会变为灰黑色。

卵

幼虫

卵经过半个月孵化为1龄幼虫。1龄幼虫很小，体色为黑色，像蚂蚁一样，也叫蚁蚕。从2龄幼虫开始，蚕的体色变为灰白色，体形也开始变得圆圆的、胖胖的，食量明显增加。龄期越大，食量越大，4~5龄食量最大，体重也快速增加，可以达到蚁蚕的八九千倍。蚕的幼虫期一共要蜕四次皮，共有五个龄期。蚕的蜕皮是成长的需要，蚕的皮肤是它的外骨骼，不能随意扩大，蚕长到一定程度时，原有的皮肤就会限制它继续长大，所以就需要换一个大一点的皮肤。每次蜕皮前蚕都不吃不动，像睡着了一样，我们称这种现象为"眠"。此时的蚕看上去一动不动，其实，它的身体内部却在进行着非常剧烈的生理活动，在短短的一天内，它要形成自己的新皮，并且将旧皮褪去。摆脱了旧皮的束缚，身体会长大不少，从而进入下一个龄期。5龄幼虫也称末龄幼虫。末龄幼虫继续长大一段时间后，皮肤会因为紧绷而变得近似透明，这时蚕就不再吃桑叶了，它们会找一个地方开始吐丝结茧，然后在茧中化蛹。蛹再经过大约两个星期便羽化为蚕蛾。之后就开始求偶交配。雄蛾交配完以后就死去，而雌蛾要等到产卵以后才算完成了使命，最后精疲力尽而死。

蚕茧

蚕成虫交尾

## 一生只吐一根丝

蚕吐丝可是一个力气活。蚕在每一个龄期都在吃了睡、睡了吃，不浪费一点能量，除了快速把自己的身体变大，能够存储更多的丝液之外，很重要的一点就是要储存足够的力气吐丝。一旦开始就不会停止，直到为自己结一个质量完全达标的茧。吐丝开始之后，蚕的头部会不停地摆动，呈"S"形或"8"字形在自己的四周不断拉出丝线，茧丝织得越来越密，这样不吃不喝连续摆动2~3天，大约摇摆30多万次，就把自己严严实实地裹在茧里了。蚕一次吐出的丝长达1~2千米，有的甚至达到了3千米，但令人惊叹的是，这是一根不间断的细丝，而且这根细丝是由几百根更细的细丝扭合而成的，十分坚韧牢固。这样的蚕丝织成的丝绸最具轻薄飘逸的效果，因此有"罗衣飘蝉翼""浅色縠衫轻似雾，纺花纱袴薄于云"这样的描述。

## 家蚕的驯化

家蚕是重要的经济昆虫，而且是唯一被完全驯化的昆虫类家养动物，家蚕的驯化被称为农业史上的重大事件之一。家蚕（*Bombyx mori*)的野生祖先是野桑蚕（*Bombyx mandarina*）。野桑蚕广泛分布于中国、日本、韩国、印度、越南等国家以及俄罗斯的亚洲地区，并且显示出了丰富的遗传多样性。那么家蚕到底是由哪国的野桑蚕驯化而来的呢？还是由几个国家同时驯化了家蚕？近20年来，科学家从染色体水平和DNA序列水平，证实了家蚕的野生祖先是中国的野桑蚕，而不是其他国家的野桑蚕，家蚕的驯化属于单一驯化事件。家蚕在我国成功驯化以后，约在公元前200年传播至朝鲜和日本，在中国和日本培育了一些特有的优良品种，之后又通过丝绸之路扩散到中亚和欧洲各国。

我国一直有家蚕起源于黄河流域的传说，即文史资料记载的黄帝元妃西陵嫘祖发明养蚕，之后才将养蚕方法向全国及世界各地传播。科学家通过对家蚕线粒体基因组系统发育分析，证实家蚕的直接野生祖先来源于中国北方野桑蚕。

经过几千年的进化，特别是我们祖先的精心驯养以及现代分子育种改造技术的介入，今天的家蚕形成了非常丰富的遗传多样性。我国是拥有家蚕品种资源最丰富的国家，目前在实验室保存的种质资源有1000多份，世界各地保存的家蚕种质资源有4000多份。这些种质资源不仅形态变异、特征特性极为丰富，而且经济性状差异显著。

鹑斑蚕

普通的蚕卵通常为灰色或紫褐色，但在家蚕基因库里的卵却有鲜艳的红色、粉色、白色和黑色等颜色。幼虫除了白白胖胖的蚕宝宝，还有素、黄、青、赤、油等品种，以及镶有斑马纹、鹌鹑斑、星星和弯月形状等漂亮花纹的蚕品种，有的品种身体上还有瘤状突起——龙角。蚕茧色有白色、银白色、浅绿色、红色、黄色、闪色等多种颜色，还有外白内黄的或者外黄内白的茧色。

## 🐛 食用和药用昆虫

除了蚕丝制品对中国乃至世界人民的巨大贡献外，蚕在药用和食用方面也功不可没，可以说，蚕的各个虫期，甚至蚕沙、蚕丝都具有药食功效。

蚕是公认的滋补食疗珍品，被人们奉为餐桌上的美味。幼虫体内含有丰富的蛋白质和不饱和脂肪酸，特别是5龄幼虫，其干物中的蛋白质含量达到了64.6%，大大超过了猪肉和鸡肉中的蛋白质含量，而幼虫体内的不饱和脂肪酸对人体心脑血管的健康极为有利。另外，幼虫体内还富含人体所需的多种生物活性物质和大量的矿物质。幼虫被白僵菌感染致死后的干燥菌虫体称为白僵蚕，白僵蚕是名贵的传统中药材，主要用于治疗外感发热、惊厥、癫痫等十几种疾病。

白僵蚕

在我国，蚕蛹是人们食用量最大的昆虫之一，仅次于柞蚕蛹的量。蚕蛹的蛋白质含量高达68%，且多为球蛋白与清蛋白，易于被人体消化吸收。2004年，卫生部将蚕蛹列为食品原料，而且是唯一被卫生部列入"作为普通食品管理的食品资源名单"的昆虫。蚕蛹含有较低的脂肪含量，但不饱和脂肪酸的比例却高达72%，非常符合现代人高蛋白、低脂肪的健康膳食需求。蚕蛹中不饱和脂肪酸中的亚油酸类，对治疗高血压、血管硬化等疾病有一定的功效。蚕蛹还含有丰富的维生素、微量元素和多种天然活性物质，尤其是锌含量较高，这使得蚕蛹的营养价值更具特色。在典籍中，蚕蛹是可以养血、补血和强腰壮肾的滋补良药。

蚕蛾的营养也极为丰富，其蛋白质中的氨基酸不但种类齐全，而且比例均衡；脂肪酸的种类也非常丰富，在所有被记载脂肪酸含量的动物中，雄蚕蛾体内的必需脂肪酸含量最高。而且，在蚕蛾体内的矿物质和微量元素中，硒的含量超过《食品成分表》中任何一种食物。蚕蛾体内的生物活性物质具有很高的医用价值，雄蚕蛾体内含有雄性激素、蜕皮激素、保幼激素、雌二醇、脑激素等生物活性物质，这些物质具有延缓衰老、消除疲劳的作用。蚕蛾提取液在治疗女性更年期问题方面也具有显著效果。

蚕沙也叫原蚕沙、蚕矢，是桑蚕排出的干粪便，包括蚕粪和桑叶的残渣。据《中国药典》记载：蚕沙性温、味甘辛，具有清热祛

蚕沙

风、利湿化浊、活血通络、镇静安神等功效。蚕沙常被制成蚕沙枕。蚕沙中的叶绿素及其衍生物具有与人体血红素结构类似的卟啉环结构，具有促进创口愈合、抗贫血、抗溃疡、抗肿瘤、保肝等功效。蚕沙还可用来合成维生素K和维生素E。

## 🐜 古人的误会

唐代诗人李商隐的《无题·相见时难别亦难》描述了一种忠贞不渝的爱情，而诗中写到"春蚕到死丝方尽"，认为春蚕丝尽的时候，也就到了它生命结束的时候了。而古人口中的"作茧自缚"，意思是春蚕吐丝为茧，将自己困在其中，比喻将自己陷入困境。现在我们明白，春蚕耗尽心力吐丝结茧，是为了给自己建造一个厚实安全的"小屋"，将自己保护起来，因为它要在茧中度过生命中最剧烈的两次变革——幼虫化蛹、蛹羽化为蚕蛾。

# 诗经里的
# 莎鸡

五月斯螽 (zhōng) 动股，六月莎鸡振羽，七月在野，八月在宇，九月在户，十月蟋蟀入我床下。穹窒 (qióng zhì) 熏鼠，塞向墐户 (sè jìn)。嗟我妇子，曰为改岁，入此室处 (chǔ)。

——《诗经·豳风·七月》

《诗经》里提到"六月莎鸡振羽"，告诉人们莎鸡在六月间振翅发声。这里的莎鸡并不是鸟儿，而是一种昆虫。在古代，"鸡"亦指称小虫。那么，莎鸡到底是哪种昆虫呢？明代李时珍《本草纲目》记载："莎鸡居莎草间，蟋蟀之类，似蝗而斑，有翅数重，下翅正赤。六月飞而振羽，有声。"说明"莎鸡"的得名，是因为这种昆虫大多生活在莎草间。

五代丘光庭的《兼明书》中写道："莎鸡状如蚱蜢，头小而身大，色青而有须。其羽昼合不鸣，夜则气从背出，吹其羽振振然。其声有上有下，正似纬车，故今人呼为络纬者是也。"这段话对莎鸡的形态、体色、发声器官、鸣叫时间、鸣声特点等描述得非常准确。宋代罗愿的训诂著作《尔雅翼》其中的《释虫·莎鸡》是这样写的："莎鸡，振羽作声。其状头小而羽大，有青、褐两种。率以六月振羽作声，连夜札札不止。其声如纺织之声，故一名梭鸡，一名络纬。"这段话不但描述了莎鸡的形态特征，还说明了莎鸡为什么又被称为络纬。本来已经把莎鸡解释得很清楚了，但是，紧接着书中又写道："故《诗经》里有'六月莎鸡振羽，七月在野，八月在宇，九月在户'也。"就是这句话又使得后人把莎鸡与蟋蟀混淆了。

《诗经·豳风·七月》第五章写道："五月斯螽动股，六月莎鸡振羽，七月在野，八月在宇，九月在户，十月蟋蟀入我床下。"在这段话中提到了三种昆虫，斯螽、莎鸡、蟋蟀。斯螽指的是一种蝗

虫，莎鸡是在六月振羽，而从七月之后，说的是蟋蟀。但《尔雅翼》中，把六月到九月的活动都说成莎鸡了。莎鸡一般在田野活动，很少在"宇"和"户"活动和鸣叫，而蟋蟀却是一种近人昆虫，天气更冷的时候还会"入我床下"。因为《尔雅翼》的错误解释，后人便把莎鸡和蟋蟀混为一谈了，比如"任屋角莎鸡促织，吟遍朝昏""离家来几月，络纬鸣中闺"等诗词，都把屋子里的蟋蟀当成莎鸡了。这就有点差得太离谱了，因为两者的亲缘关系太远了，个体大小、形态特征及鸣声特征也是相差甚远。

明代袁宏道在《促织志》里写道："有一种似蚱蜢而身肥大，京师人谓之聒聒，亦捕养之；南人谓之纺线娘。食丝瓜花及瓜瓤，音声与促织相似而清越过之。"袁宏道认为莎鸡是纺线娘，但他却把纺线娘和蝈蝈搞混了，以为蝈蝈和纺线娘是一种昆虫，只是南北地区称呼不同而已。清代富察敦崇在《燕京岁时记》里记载："促织、蟋蟀、蛐蛐儿之正名；络纬，聒聒儿之正名。"富察敦崇也认为莎鸡就是蝈蝈。虽然两者亲缘关系较近，都属于螽斯总科，但其实莎鸡和蝈蝈的差别还是很大的，且最明显的区别就是翅的大小，莎鸡的翅很长，完全盖住了腹部，而蝈蝈的翅很短，远远不能覆盖腹部。

纺织娘

雌性纺织娘

## "纺织娘"的来历

现代人称莎鸡为纺织娘。提到纺织娘，人们想到的应该是女人，并且是那些摇动着纺车纺线的女人。所以被称为纺织娘的昆虫也应该是雌性？其实不是，在昆虫中，纺织娘是直翅目螽斯总科纺织娘科昆虫的统称，不管雌雄，都被称作纺织娘。纺织娘还有很多俗称，比如络纬、络纱婆、筒管娘、络纱娘、络丝娘、梭鸡等，这些名字都跟纺织娘的鸣声有关，而在我国从古至今，做纺织工作的基本上都是女人，所以纺织娘的这些俗名最后都是"娘"字。然而，搞笑的是，真正能发出纺车纺线声音的却是雄性，雌性没有发音器官，是不会发声的。

纺织娘的鸣声很有特色，每次开叫，必有短促的前奏曲，声如"轧织、轧织、轧织……"至二十声以后，它的叫声便开始响亮起来，为"织、织、织、织……"最后发出"咯啦啦—咯啦啦—咯啦啦……"的主旋律，声音酷似古代纺线时纺车的转动声。两三只纺织娘同时鸣叫时，声音此起彼伏，就像一支小乐队正在演奏一样。而很多纺织娘齐声高唱时，就像千百架纺车同时发出转动声，如一曲交响乐。

从夏季开始，纺织娘每晚总会弹奏"咯啦啦—咯啦啦—咯啦啦……"的美妙乐曲，为人们消夏解暑增添了几分情趣，悠扬的乐曲会一直弹唱到深秋，给人无限的遐想。因此，在3000年前，我们的祖先就被它美妙的声音吸引了。据记载，最早在宋代，纺织娘就成为人们畜养观赏的昆虫了，一直到现在，纺织娘依然是人们喜爱的鸣虫之一。

## 入画、入诗

作为形美、音美的鸣虫，在被人们赏玩的过程中，纺织娘也被画家所青睐。据说明代画家唐伯虎就画了一幅竹子上的纺织娘，送给了好友祝枝山。而因为唐伯虎把纺织娘画得太逼真了，祝枝山晚上睡觉时，居然被一阵阵纺织娘的叫声惊醒了，等他点上灯去看，纺织娘就不叫了，而等他睡下，纺织娘又叫了。其实这个故事我们并不会相信，只是说明唐伯虎的纺织娘画得太形象、传神了。我国当代著名花鸟画家萧朗先生的画作《菜根香》中，一棵大白菜上停着一只闻着菜香而来的纺织娘，正欲低头享受美食。纺织娘的姿态栩栩如生，似有呼之欲出之势。故宫博物院收藏了一件清乾隆年间的粉彩镂空开光花卉纹灯罩。灯罩的形状像灯笼，外部为绘有蝙蝠的镂空区域，一只纺织娘

萧朗画作《菜根香》

129

落在秋海棠的叶片上。精湛的镂空技艺以及细腻的绘画技术，再加上灯光的映衬，使得灯罩更加优美柔和，令人赏心悦目。

　　自古文人多悲秋，在诗人的眼中，纺织娘也成了他们悲秋哀思的象征，例如，谢惠连的《捣衣诗》："肃肃莎鸡羽，烈烈寒螀啼。"李白的《长相思》："长相思，在长安。络纬秋啼金井阑，微霜凄凄簟色寒。"李贺的《房中思》："谁能事贞素，卧听莎鸡泣。"苏轼的《倦夜》："荒园有络纬，虚织竟何成。"司马光的《宿南园》："络纬尔何苦，终夕鸣声悲。"陆游的《悲秋》："烟草凄迷八月秋，荒村络纬戒衣裳。"

清乾隆年间粉彩镂空灯罩（故宫博物院藏）

灯罩局部：一只纺织娘落在秋海棠叶片上

在夏秋季节，静谧的夜晚传出来阵阵高亢的鸣声，虽然纺织娘忙碌地"歌唱"是为了"寻欢作乐"，但在诗人的眼中，这种极富穿透力的声音却给人一种凄凉、伤悲的感觉，难怪诗人会把纺织娘融入他们的诗作中。

### 听、养

对于城市的人来说，能买一只纺织娘回家，在喧嚣了一整天之后的夜晚，听听来自大自然的歌声，别提多舒心了。而对于乡下人来说，忙碌了一天的农活，在静谧的夜晚，站在空旷的田野里，聆听真正属于大自然的声音才是最美妙、最心旷神怡的。纺织娘白天躲在和自己颜色相似的草丛里，不吃不动，悄无声息。不过从黄昏开始，它们就慢慢活跃起来了，起初发出短促的一声、两声鸣叫，似乎在试探一下周围的情况，慢慢地，声音越来越响、越来越多，

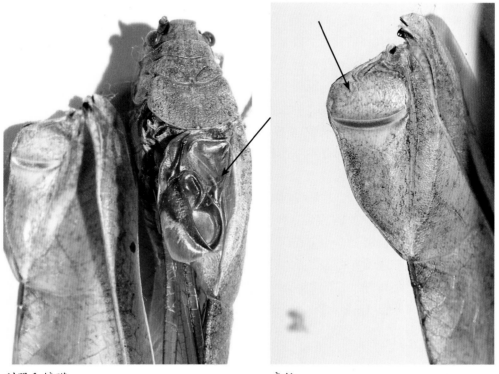

刮器和镜膜　　　　　　　　　音锉

最后周围的纺织娘都开始鸣叫起来。

饲养纺织娘必须要做到"小心伺候"。不管是自己编的笼子，还是集市上买的笼子，都要尽可能大一点，因为纺织娘个头比较大，腿长翅也长，所以必须让它住得宽敞一点。纺织娘白天喜欢躲藏在背阴凉爽的环境中，所以尽量把它悬挂于阴凉通风的地方，不要让太阳直射。夏天天气炎热时，要在笼子上洒些凉水降温。深秋气温大幅下降时，要及早采取保暖措施。饲喂纺织娘最好用新鲜的南瓜花或者丝瓜花。只要照顾得好，一只纺织娘养到深秋甚至冬天都是有可能的。

## 形态特征

纺织娘广泛分布于东南亚和南太平洋众多岛屿上，在我国见于华南和华东地区，种类很多。因为个头较大，纺织娘被称为鸣虫中的"大个子"。体形细长，从头到翅端5~7厘米，单翅长3.9~4.4厘米，形似扁豆荚。纺织娘的头部与蝈蝈相似，只是比蝈蝈的头略小，触角细长，呈丝状，前翅长而宽阔，完全覆盖后翅，并超过尾部，甚至是体长的两倍长；前胸前窄后宽，向后不甚延长。前胸腹板有凸起或刺一对，背板有两个弓形槽沟。足相对较细。前足胫节靠基部有一个长卵形的窝状听器，雌虫主要靠它来欣赏雄虫的"歌声"，判断是否属于自己中意的对象，雄虫则主要靠它来感知慢慢靠近的雌虫。后足长而有力，具有很强的跳跃能力。

雄性纺织娘的前翅基部有两片透明的发声器，与蝈蝈极为相似，也是左前翅覆盖在右前翅上。发音器由音锉、刮器和镜膜三部分组成。音锉是由左前翅基部的一条横脉变粗特化而成，上有一系列发音齿；刮器由右前翅的后缘基部骨化而成，纺织娘鸣叫时，双翅震动，左前翅上的发音齿与右前翅上的刮器反复摩擦而发出声音，同时右前翅的基部还有一个透明膜质状的镜膜，双翅摩擦发出的声音再通过镜膜产生共鸣，扩大声音的强度。雌性纺织娘的尾部有一把"长刀"，这是它的产卵器，产卵管呈弧形上翘，像一个缩小版的马刀。

## 🧵 纺织娘的生活

纺织娘栖息于平原田野或山地草坡。一年发生一代，雌虫将卵产在植物的嫩枝上，以卵越冬。每年7~9月是纺织娘的欢唱期。雄性纺织娘会拼尽全力，夜夜歌唱，用优美的歌声吸引雌性的到来，雌性纺织娘听到歌声，会慢慢寻着自己喜欢的歌声逐渐靠近雄性，而雄性纺织娘一旦发现有雌性纺织娘靠近，就会叫得更欢快、更响亮，同时还会不停地转动身体，吸引异性的注意力，之后双双坠入爱河，雌性主动把头埋入雄虫身下与雄虫进行交配。纺织娘为植食性昆虫，它们最喜欢吃南瓜和丝瓜的花，也吃桑叶、柿树叶、核桃树叶、杨树叶等。白天一般不声不响、静静地伏在瓜棚、篱笆的藤枝、嫩叶间，或灌丛下部，不易被天敌发现；待到黄昏和夜晚时，便爬到上部枝叶间取食和鸣叫，十分活跃。纺织娘善于爬行，如果突然见到光线，会悄悄地躲到阴暗处或者转身躲到叶片下面隐藏起来。它们也擅长跳跃，在危急时就在瓜藤间纵身一跃，往往坠落地面，没入草丛之中，瞬间不见了踪影。如果跳跃还不能让它们逃脱的话，那么纺织娘也会张开长长的两对翅，进行短暂的飞行，迅速脱离敌害的威胁范围，在较远的地方躲藏起来。

## 🦗 完美的保护色

纺织娘的体色大致有紫红、淡绿、深绿、枯黄四种。紫红色的最为少见，也最为珍贵，俗称"红纱娘"；淡绿色的称为"翠纱娘"；

红纱娘

133

绿纱娘

黄纱婆

深绿色的称为"绿纱娘";枯黄色的称为"黄纱婆"。纺织娘的体色不是随随便便长的,而是在长期的自然选择中发展起来的一种保护色,目的是尽量完全融入周围的环境中,不被捕食者发现。生活在绿色青草地的纺织娘,一般通体绿色,如果草木深绿浓郁,那自然是绿纱娘比较多;如果草木浅绿嫩黄,那自然是翠纱娘生活在那里。而到了秋季,草木渐渐枯黄,黄纱婆就会越来越多。紫红色的红纱娘生活在紫红色的荆草丛中。由于红纱娘通体红色,美艳至极,自然成为人们争相捕捉的对象,而且它的生活范围极窄,一旦离开红色的环境,很容易成为捕食者的目标,所以现在红纱娘越来越稀少,几乎很难捕捉到了,而绿色和枯黄色是自然界的常态色,也是大范围色,所以我们见到的纺织娘基本上都是这两种颜色。

## 自然界中最小的"耳朵"

我们都知道,昆虫属于比较低等的节肢动物,没有所谓的高等动物的真正的鼻子、眼睛、耳朵和嘴等器官,昆虫的"鼻子"长在触角上,被称为嗅觉感受器,昆虫的"眼睛"被称为单眼和复眼,昆虫的"嘴"被称为口器,而昆虫的"耳朵"被称为听器。虽然我们不能绝对地用"落后"和"先进"、"低级"和"高级"、"原始"和"现代"来评价昆虫和高等动物的器官,因为看似"原始"的器官,其实有很多功能是我们这些高等的哺乳动物没有的,比如有些昆虫能"听到"超声波,有些昆虫能"看到"紫外线,但总体来说,昆虫器官的结构还是相对简单的。不过最近的一项研究结果却刷新了我们的认知。

英国林肯大学的科学家对美洲热带雨林纺织娘的听器进行了研究,发现这种昆虫的听器里面居然有类似于哺乳动物耳朵中鼓膜、听小骨和耳蜗的结构,简直就是一个迷你小"耳朵"。

我们都知道,哺乳动物耳朵中的耳蜗是负责分析声音的频率的。科学家在纺织娘的听器中发现了一种密闭的结构,这个结构里储存着一些高压液体,这些液体在纺织娘的听觉中起着类似于哺乳动物耳蜗的作用,负责声音的探测。哺乳动物耳朵中的听小骨是负责声音传递的,而纺织娘的听器中也有一个对振动进行传递的类似于听小骨的振动片结构。这个仅仅有600微米的小"耳朵"被认为

纺织娘的听器

是自然界中最小的"耳朵"，但它居然能探测到19万赫兹的声音，而我们人类的耳朵却只能听到20赫兹到2万赫兹之间的声音。

## 尽量留下自己的后代

传宗接代对于雄性来说更为重要，只有留下自己的精子才有可能繁衍自己的后代，但即使这样，也不见得能留下自己的后代。

雌性纺织娘的爱情并不专一，它可以跟很多雄性纺织娘个体进行交配。雌性纺织娘体内有一个特殊的储精器官——储精囊，交配后雄虫的精子会先保存在储精囊中，而不是立即受精，等需要产卵之前，雌虫才会让精子和卵子相遇。所以，并不是最早跟雌虫交配的雄虫留下自己后代的机会多，因为下一个雄虫在交配之时会把之前储存在雌虫体内的精子先挤出来，然后再存入自己的精子。研究发现，雄虫在交配时可挤出雌虫储精囊中90%以上的精子，以尽可能保证雌性繁殖的后代是自己的。而雌虫跟更多的雄虫个体交配，体内会存储更多雄虫的精子，也是为了有机会得到更为优良的精子，以使自己的后代更健壮。与雌虫交配的雄虫个体越多，留在雌虫储精囊中的不同雄虫的精子就越多，雌虫极有可能产下几个雄虫个体的后代，这对整个物种的繁衍都是非常有利的。

# 诗经里的
# 伊威

我徂东山，慆慆不归。我来自东，零雨其濛。
果蠃之实，亦施于宇。伊威在室，蟏蛸在户。
町疃鹿场，熠耀宵行。不可畏也，伊可怀也。

——《诗经·豳风·东山》

　　《诗经·豳风·东山》通过东征战士归途中的所见所想，描述了连年战争带来的社会萧条景象以及人们内心的孤独和凄凉。通过"果蠃之实，亦施于宇。伊威在室，蟏蛸在户。町疃鹿场，熠耀宵行"讲述了战士回家之后看到的房前屋后虫草乱生的荒凉景象。其中"伊威"就是我国一种古老的本土物种——土鳖虫。土鳖虫分布于我国大江南北，属于杂食性昆虫，它们喜欢生活在阴暗潮湿、富有有机质的疏土层中。白天潜伏，夜晚出来活动和觅食。

　　有时候白天也能看见土鳖虫，它们总是静静地待在房前屋后的墙角，即使有人来了也不逃跑，依然悠闲自得。土鳖虫雌虫没有翅，外形处于幼体状态，所以不会飞。似乎我们见到的都是雌虫，而雄虫却很少见，雄虫成虫是有翅的。过去农村或者城市的平房中，土鳖虫是司空见惯的，人们看见它，似乎看见了一件常见的物品，或者一个"熟人"，它们不打扰人们的生活，人们也任由它们寄居在家中。即使是现在的楼房，偶尔也会在楼道的角落看见它们的身影，它们还是那么悠然自得、不管不顾。

# ✿ 土鳖虫的一生

　　土鳖虫属于蜚蠊目鳖蠊科，常用于入药的土鳖虫有中华真地鳖和冀地鳖这两种蜚蠊的雌虫干燥体。土鳖虫身体扁平，呈卵圆形，像一个缩小版的鳖，所以有土鳖、地鳖之称。触角丝状，头部较小，常缩于发达的前胸背板之下，腹背板9节，呈覆瓦状排列。雌虫没有翅，雄虫有翅。野生土鳖虫发生1代大约需一年半至两年半的时间。除雄成虫外，其他所有虫态都可以越冬。土鳖虫为渐变态昆虫，一生要经过卵、若虫、成虫三个阶段，其若虫与成虫的形态、生活环境及生活习性都差不多，只是若虫比成虫体形小，翅发育不完全，生殖器官尚未成熟。

　　雄成虫交尾后5~7天结束生命。雌成虫交尾1~2次，交尾后大约7天雌成虫就开始产卵，之后每隔4~6天产一次卵，每次产一个卵块，一生可产卵35块左右。雌成虫将卵产在特殊的胶质囊内，形成卵鞘。

　　卵在卵鞘中孵化，刚孵化出来的若虫不能活动，其口器、触角及六足均缩于身体腹面，这个阶段称为预若虫期。大约经过几分钟后预若虫开始蜕皮，之后才成为能够自由活动态的若虫。若

雌性中华真地鳖
（武其摄）

虫刚孵化出来时呈乳白色，无翅，身体柔软。随着时间的推移，体色逐渐变深，最后变成黑褐色，身体硬化，并散开活动。若虫发育缓慢，必须经历多次蜕皮，逐渐长大，触角和尾须的节数也会随龄期逐渐增多。雄虫要经过7~9次蜕皮，雌虫要经过10~11次蜕皮才能成为成虫。土鳖虫有再生功能，若虫在活动过程中意外折断附肢之后，在下一次蜕皮之后又可以再生出来，只是比正常附肢要短小一点。

## 药食两用的土鳖虫

中药中的五药为草、木、虫、石、谷。可见，在古代，药用昆虫在中药中就占有非常重要的地位。药用昆虫在我国具有非常悠久的历史，直到今天，药用昆虫仍是中药中不可或缺的成分。

土鳖虫是最早被人类利用的一种蜚蠊目昆虫药材，医药名称为土元。此外它还有很多俗名，如蟅虫、土虫、土团鱼、地乌龟、臭

土元

虫母子、灰鳖虫、接骨虫、簸箕虫等。土元具有化瘀止血、消肿止痛、下乳通经、通络理伤、接筋续骨等功效。

土鳖虫这种传统的中药材最早记载于秦汉时期著作《神农本草经》，其后在汉朝《金匮要略》、梁朝《本草经集注》、明朝《本草纲目》及以后的《本草通玄》《分类草药性》，直至现代的《中国药典》，历代药学著作对土鳖虫均有记载，而且所入药的种类也很多。

由于土鳖虫含有较多活性成分，包括蛋白质、氨基酸、不饱和脂肪酸、微量元素、生物碱和脂溶性维生素等，在增强机体的免疫力、预防心血管疾病等方面具有较好的作用。土鳖虫也可能是人们未来可选的营养较高的动物蛋白食品之一。

土鳖虫体内的18种氨基酸中，人体必需的氨基酸有8种。所含的氨基酸成分可直接参与各种酶和激素的合成，具有一定的活血化瘀作用。不饱和脂肪酸能够增强机体的组织再生能力和抗病能力。在土鳖虫体内的12种脂肪酸中，不饱和脂肪酸占脂肪酸总量的75%，其中人体必需脂肪酸——亚油酸含量占不饱和脂肪酸的28.5%。亚油酸是合成前列腺素的必需前体。此外，土鳖虫含有微量元素28种。

土鳖虫属于易养型药用昆虫。目前，全国许多地方进行了人工饲养，大量繁殖。

## 🐛 土鳖虫大家族

蜚蠊目昆虫俗称蟑螂，广布于世界各地，只要有水和食物，它们就都能生存。大多数种类生活在热带和亚热带地区，只有少数分布于温带地区。全世界的蟑螂接近5000种，我国已记录420余种。除了土鳖虫与我们人类关系密切之外，还有极少数种类生活在我们的家里，对人类的生活有一定的危害性，被称为卫生害虫，其余的种类全都生活在野外阴暗潮湿的环境中。野生蟑螂白天多隐蔽于森林的砖石下面、枯枝落叶下、树皮下、树洞里，或者钻入土中，夜间出来活动和取食。蟑螂多为杂食性，以林间腐叶、朽木、树皮或小虫为食，是大自然的清洁工。它们在森林物质循环中起着非常重要的作用。

生活在野外的蟑螂中，有一类被称为食木蜚蠊。它们生活在我国南方森林中的枯倒朽木中，以木纤维为食。它们的后肠中有原生动物或共生细菌，可以分解木纤维。若虫通过摄食昆虫粪便将原生动物带入体内。食木蜚蠊作为森林生态系统重要的分解者，其作用类似于白蚁。食木蜚蠊的生态位与白蚁重叠，特别是在海拔3000米以上白蚁没有分布的地区，食木蜚蠊更是朽木的重要分解者，是森林物质循环中重要的一环。

大光蠊

食木蜚蠊种类很多，主要包括硕蠊科的弯翅蠊亚科和隐尾蠊科这两大类。它们对森林环境的要求非常高，可作为森林环境的重要指示生物。弯翅蠊生活在较为原始的森林中，是典型的亚社会性昆虫，生殖方式为卵胎生，生活史可长达8年以上。隐尾蠊是昆虫进化过程中比较原始的一个类群，无翅，它们只生活在原始森林中或与原始森林相接的天然林中，不生活在人工林中。隐尾蠊也是亚社会性昆虫，它们过着"一夫一妻制"的生活，雌雄蜚蠊共同抚养后代，不同的朽木隧洞中生活着不同的隐尾蠊家庭。

## "打不死的小强"

野外的蟑螂被称为大自然的清洁工，那么室内的蟑螂被称为什么呢？当然是"打不死的小强"了。它们不但在我们的家里尤其是厨房乱爬乱吃，还会传播很多疾病给人类。同为蜚蠊目昆虫，为什么两者的差距就这么大呢？其实，在还没有人类出现时，蟑螂都生

蟑螂危害

活在野外，为大自然处理垃圾。但是自从人类出现以后，它们发现人类的厨房里有很多"垃圾"，所以有一些蟑螂就进入人类居住的地方忙着处理垃圾了。

生活在室内的蟑螂，多栖息于厨房、食堂、仓库等阴暗处，它们虽然有翅，但一般很少飞行，而是善于奔走，白天隐匿在缝隙或阴暗处，夜间出来取食。这些蟑螂除了吃人类的各种食物外，还喜吃排泄物、痰、垃圾、纸张、书籍等，特别喜欢吃淀粉、油、糖、瓜果和蔬菜。如果食物缺乏，蟑螂实在找不到吃的，它就会到书柜、书箱里去吃书脊上的糨糊，把书籍咬坏，甚至胶水或肥皂也能充饥。它们还会爬到厕所、马桶、便盆里去寻找，凡是含有有机物质的，不管是人类的粪便、尿液、吐在地上的痰液，还是动物的粪便、腐烂小动物的尸体，它都能吃。在这些脏东西里，有各种各样的细菌，只要它在肮脏的东西上爬过，再来偷吃我们的食物时，就把细菌带到食物和器皿上了，食物和餐具就会被污染，从而给人类传染上许多疾病。

蟑螂是多种传染病的祸首，可携带多种对人及动物致病的病菌，其中重要的如传染麻风的麻风分枝杆菌、传染腺鼠疫的鼠疫杆菌、传染痢疾的志贺氏痢疾杆菌、引起疖疮的金黄色葡萄球菌、引起尿道感染的绿脓杆菌、引起泌尿生殖道和肠道感染的大肠杆菌以及引起呼吸道传染病的多种沙门氏菌，如乙型伤寒沙门氏菌、伤寒沙门氏菌等。

全世界常见的室内蟑螂只有不到20种。在我国，与人类关系密切的主要为德国小蠊、美洲大蠊、澳洲大蠊等。虽然这些蟑螂目前在我国广泛存在，但它们并不像土鳖虫一样是我国的土著物种，而是外来入侵物种。这些外来入侵物种已经在我国定居下来了，成了家庭卫生挥之不去的阴影。因此，蟑螂也是我国海关、口岸检疫重点监测的病媒昆虫之一。

德国小蠊是在我国分布较广的一种蟑螂，体长1.2~1.4厘米；前胸背板上生有两条纵横黑色花纹，翅长超过了腹部，北方出没的蟑螂多属德国小蠊。美洲大蠊是一种体形较大的蟑螂，分布范围很广；身体为红褐色，体长为3.5厘米左右，翅覆盖腹部，触须很长，前胸背板中部有赤褐色蝶形斑。还有一种与美洲大蠊犹如"弟兄"的大型蟑螂，叫作澳洲大蠊，前胸背板中部有两个近圆形大黑斑，也

澳洲大蠊

分布在我国南方各地。

　　蟑螂的扩散有两种方式，即主动扩散和被动扩散。不过，尽管蟑螂爬行能力很强，也能在洪水泛滥时，成群地顺水迁移，寻找适宜的新处所，但这种扩散方式只是本土物种近距离的扩散。蟑螂之所以能远道而来成为外来入侵物种，主要是被动扩散的结果，它们随着自己的"食物"，被各种交通工具带到了世界各地。卧铺车厢、餐车以及旅客随身携带的包裹、行李和其他物件以及托运的货物等，都可能把蟑螂带上火车。此外，飞机、轮船，也为蟑螂的扩散提供了极大的便利。

## 宠物蟑螂

　　我们常常跟蟑螂不期而遇，但基本上都没有什么愉快的感受，反而是大呼小叫、避之不及、杀之后快，甚至有些人怕蟑螂如怕老虎。蟑螂身上有一种非常难闻的气味，这是它们同种之间用于联络的信号，但却给人一种想要作呕的极度不适感。不过，有些大型蟑螂却成了某些昆虫爱好者的心头肉，有人把它们当作宠物来饲养。把小猫小狗当成心肝宝贝大家基本都能认同，但喜欢蟑螂却让大多数人不能理解、无法接受。所以，目前蟑螂还属于小众宠物。被作为宠物的蟑螂有的体形较大，有的长相怪异，有的色彩独特，有的像鸣虫一样会发声。

澳洲犀牛蟑螂是体形最大、寿命最长的蟑螂，成虫体长可达8厘米，有的个体寿命甚至在10年以上；雌雄都无翅，喜欢挖洞。东方水蠊体形扁平，像一个缩小版的盾牌，前胸背板前缘白色斑纹，腹部两侧为红棕色，无翅。杜比亚蟑螂是最省心的蟑螂，它们不能在平滑的表面爬行，所以不怕它们逃跑；雄成虫有翅，雌成虫无翅。古巴蜚蠊是一种非常漂亮雅致的蟑螂，成虫具有淡绿色的体色，而且翅又大又宽，超过了腹部；幼虫全身则为棕色或黑色。马达加斯加发声蟑螂最大的特点就是能发出声音了，雄雌均无翅；雄成虫具有凸起的胸背甲，这是它们争夺雌性的打斗工具。死人头蟑螂前胸背板具有怪异的类似于死人头或骷髅头的图案。伪死人头蟑螂因外形和死人头蟑螂相似也深受欢迎。秘鲁巨人蟑螂虽然被称为"巨人"，但它并不是最大的蟑螂，不过它具有又大又宽的翅，所以看起来还是挺威风的；雌雄成虫都有翅但不能飞行。

马达加斯加发声蟑螂

死人头蟑螂

也许是出于猎奇心理，宠物蟑螂深受某些人的喜欢，在许多国家的宠物店或者花鸟市场都可以买到。我国的宠物蟑螂基本上都是从国外购买的。但是这种做法存在安全隐患，有可能导致生物入侵。蟑螂在饲养过程中逃逸，或者被某些所谓的爱好者丢弃，都有可能对本地的生态环境造成一定的影响，甚至破坏本地生态环境，威胁到本地其他物种的生存。目前，我国已经叫停了这种行为。

## 古老而顽强的物种

蟑螂真的是非常古老的昆虫。在距今大约3.5亿年前的石炭纪，蟑螂就大摇大摆地出现在地球上了。蟑螂也是地球上最早出现的会飞行的昆虫。从石炭纪以后，地球表面发生过无数次的变迁，很多古昆虫都已销声匿迹，但蟑螂却顽强地生存下来。如今，蟑螂已广泛分布在世界的各个角落。蟑螂也被称为"老不死的昆虫"，是适应性最强和进化最成功的昆虫类群之一。令人不可思议的是，几亿年来，蟑螂的外形并没什么大的变化，化石中发现的蟑螂与现在家中生活的蟑螂并没有多大的差别。

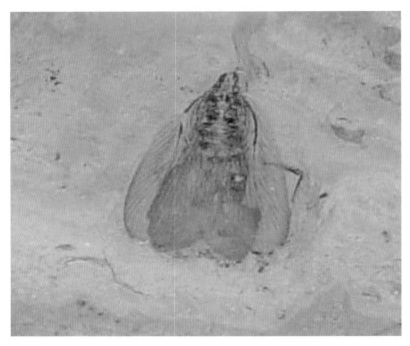

蟑螂化石

## 蟑螂为什么有如此顽强的生命力？

除了不挑食，什么都吃之外，蟑螂还有强大的繁殖能力。雌蟑螂一生只需要交配一次，就可以储存足够一生产卵所用的雄虫的精子，然后"慢慢"使用。雌虫将卵产在自制的坚硬的卵鞘中。这些看起来像小豆子一样的卵鞘既抗高温，又耐干燥，连一般的杀虫剂也奈何不了它。在生存条件险恶、无法完成交配的时候，雌虫不经交配也会单独产下可以孵化的卵，当然，这些没有"爸爸"的小蟑螂也都是雌性的。

蟑螂的生殖方式有卵生、卵胎生和胎生3种方式，几乎囊括了昆虫所有的生殖方式。卵生：受精卵在坚硬的卵鞘中，雌虫选择较隐蔽的场所将卵鞘产下，用唾液将其黏附牢固，卵在离体的卵鞘中发育。卵胎生：卵鞘膜质，薄而柔软，在母体生殖腔内滞留，胚胎从卵黄中吸收营养，从母体获得水分，等胚胎成熟后便从母体生殖腔内挤出，若虫脱离卵鞘从母体爬出。胎生：类似于卵胎生，胚胎不但从母体获得水分，营养也从母体中获得。

　　蟑螂具有超乎想象的耐饥渴能力。以美洲大蠊为例，在只给干食不给水的情况下，雌虫能存活40天，雄虫能存活27天。如果有水无食，雌虫能存活90天，雄虫能存活43天。当处于恶劣的环境条件下，无食又无水时，美洲大蠊会发生同类互相残食的现象，大吃小，强吃弱，特别是刚刚蜕皮的个体，不能动弹，表皮又嫩，就成了同类竞相争食的猎物。

　　蟑螂具有惊人的反应能力。蟑螂生有一对尾须，是性能特异的"感震仪"。蟑螂的尾须像木螺钉，每根尾须大约有220余根须毛。尾须能测知地面和空气的微弱的震颤，并在1/1000秒内做出反应。人走动时，地面和空气发生微弱的震颤，会使须毛变形，根部的传感神经就向一个巨型中间神经元发出信号，传递到腿部的运动神经元，然后迅速逃之夭夭。蟑螂的奔跑能力极强，堪称六条腿的奔跑专家。据测算，它每秒可以跑过50倍身长的距离，而且它的平衡能力极强，可以在崎岖不平的表面奔跑。可见，要想在这个地球上永远立于不败之地，真不是随随便便就可以的。

带卵鞘的德国小蠊

149

# 诗经里的
# 熠耀

我徂东山，慆慆不归。我来自东，零雨其濛。
果赢之实，亦施于宇。伊威在室，蟏蛸在户。
町畽鹿场，熠耀宵行。不可畏也，伊可怀也。

——《诗经·豳风·东山》

夏夜里的闪闪流萤，忽明忽暗、亦真亦幻，成千上万的萤火虫就像夜空里的繁星，令人震撼。大自然竟是如此的神奇！

流萤

萤火虫

## 🏮 咏萤

　　萤火虫又名熠耀、耀夜、熠熠、宵烛、夜照、夜光、景天、流萤……这些名字都说明了它会在黑夜里发光。自古以来，多少文人墨客借用它来表达各种不同的人生情感。我国第一部诗歌总集《诗经》里写道："伊威在室，蟏蛸在户。町畽鹿场，熠耀宵行。不可畏也，伊可怀也。"这是借萤火虫来哀叹战乱带来的民不聊生的凄惨景象：军人回家时，看到家园已经很久没有住人了，屋子里有土鳖乱爬，门窗上结满了蜘蛛网，院子里有很多萤火虫发出鬼火一样的闪光，心情极其沉重，更加思念亲人。西晋傅咸的《萤火赋》："哀斯火之烟灭兮，近腐草而化生。感诗人之悠怀兮，览熠耀于前庭。不以姿质之鄙薄兮，欲增辉乎太清。虽无补于日月兮，期自竭于陋形。"赞美萤不竞天光、在晦能明的品质，认为人无论才学精疏，都可尽其忠心。李白的《咏萤火》："雨打灯难灭，风吹色更明。若飞天上去，定作月边星。"给人一种浪漫唯美的享受。而杜牧的《秋夕》："银烛秋光冷画屏，轻罗小扇扑流萤。天阶夜色凉如水，卧看牵牛织女星。"则抒发了一种哀婉悲悯的苦闷心情。司空图《避乱》："离乱身偶在，窜迹任浮沉。虎暴荒居迥，萤孤黑夜深。"以黑夜中的孤萤来暗喻身处黑暗政治环境中孤立无援的忠臣良将。当然也有励志的，英国前首相丘吉尔年轻的时候曾经说过："我们都是小虫，但我是一只会发光的小虫。"

## 🌿 传说故事

自古以来关于萤火虫就有很多有趣的故事。房玄龄在《晋书·车胤传》记载，相传我国晋朝时，有个青年名叫车胤，他酷爱学习，但因为家贫而买不起蜡烛，于是他就到外面捉了很多萤火虫，装在薄薄的布袋里，借着萤火虫的光苦读，后来成为有大学问的人。而坐拥天下的隋炀帝杨广却颇有小资情调，他在洛阳景华宫游玩时，曾经派人捕捉了成千上万只萤火虫，待到晚上出去玩的时候，便命人将这些萤火虫一起放飞，欣赏其绚丽壮观、美不胜收的场面。隋炀帝是一位赏萤爱好者，他一生三下扬州，每次都要玩萤火虫放飞的游戏。可能帝王看了这些萤火虫，也能排解心中的压力和负面情绪吧。据《维扬志》记载，隋炀帝曾下令江都县（今扬州市江都区）大仪乡建设专门征收萤火虫的"放萤苑"，这里面有专人收集和放飞萤火虫，供隋炀帝随时取乐之用。

古人因为认识的不足，早先以为萤火虫是磷变的，有时候也会把一些磷火当成是萤火虫，比如尸骨在夜晚发出的磷火。后来又有腐草化萤之说，如《礼记·月令》记载："季夏之月，腐草为萤。"杜甫《萤火》诗云："幸因腐草出，敢近太阳飞。"这是因为萤火虫主要栖息于潮湿腐败的草丛里，古人看到萤火虫在草丛中出入，便认为是物极必反——长期处于黑暗中的腐草败叶，时间久了就会生出闪闪发光的萤火虫。现在，我们都知道，萤火虫其实是一类会发光的甲虫。

## 🌿 萤火虫生物学

萤火虫是鞘翅目萤科昆虫的统称，全世界已知大约有2000种，广泛分布于除南极洲之外的各大洲。我国大约有200种，在全国各地都有分布，南部和东南沿海各省种类和数量都比北方多。绝大多数萤火虫都会发光，只有极少数不会发光。根据萤火虫幼虫的习性，萤火虫可分为陆生种类、水生种类和半水生种类三类。陆生萤火虫的幼虫主要生活在草本植被茂盛、相对湿度较高的地方。而水生萤火虫幼虫主要生活在清澈干净、水流缓慢且浅的湖泊、小溪或稻田中。水生萤火虫主要分布在亚洲地区，是萤火虫种类最稀少的一类，目前仅记录8种，我国就分布4种，其中，雷氏黄萤的幼虫主要生

萤火虫幼虫

活在水底，属底栖类水生昆虫，而条背萤的幼虫主要漂浮在水面，属浮游类水生昆虫。

萤火虫体长约为0.8厘米，身形扁平细长。与其他鞘翅目昆虫相比，萤火虫的体壁和鞘翅较柔软。头较小，前胸背板前伸，盖住头部。雄性萤火虫的触角较长，有11节，呈扁平丝状或锯齿状。萤火虫雌雄两性的形态有多种类型。有些萤火虫的雌雄两性形态大致相同，雌性也有翅，也可以飞行，而有些种类的萤火虫具有性二型现象，即昆虫的雌、雄个体在大小、形态、颜色等方面存在差异。具有性二型的萤火虫，雄成虫有翅，雌成虫的体形比雄成虫大，有些种类雌成虫为蠕虫型，跟幼虫的形态差不多，没有翅，不能飞翔；而有些萤火虫，雌成虫也有鞘翅，但鞘翅缩短，约为体长的1/8~1/6，但没有膜翅（后翅），所以也不能飞行。

雌性萤火虫的发光器生长在尾部的最后两节，呈灰白色，夜晚发光的时候形成了两条宽宽的带形，而且光比较亮。而雄性萤火虫的发光器只有腹部最后一节，夜晚发光的亮度也没有雌性大，不能从背部透过来；飞行的时候，似小灯在空中一闪一闪、慢慢悠悠地飘荡。

萤火虫是完全变态昆虫，一生要经历卵、幼虫、蛹、成虫四个阶段，大多数种类各个虫期都会发光。雌雄萤火虫交配后，都会同时将光减弱，隐匿在草丛中。不久，雌萤火虫便在潮湿的腐草、朽木或泥土中产卵，一次可产数百粒。卵多为球形或椭球形，刚产下的卵为软壳卵，几天后逐渐硬化；卵的颜色为白色、淡黄色或黄色，可发出微弱的荧光。萤火虫以卵越冬。卵经过漫长的冬季后，来年4月中下旬开始进入孵化期，5月进入孵化高峰期，初孵化的幼虫为乳白色，随后体色逐渐加深，转为灰褐色，两端尖细，上下扁平，形如米粒，夜晚出来觅食。幼虫期较长，大多数为1年左右，有的可超过2年，比如金黄窗萤、扁萤等。萤火虫的幼虫经过6次蜕皮后化蛹，蛹经过2~3周即羽化为成虫。

## 爱的光语言

在萤火虫的爱情世界里，一般都是雄性比较主动。我们在夏夜里看见的闪闪流萤，就是雄性萤火虫在召唤雌性呢。日落之后半小时，雄性萤火虫便开始在低空缓慢地飞舞，并且以一定的时间间隔发出弱弱的荧光，而在草丛中的雌性在收到信息后，如果发现是自己喜欢的异性，它就会羞涩地发出一定时间间隔的闪光来回应；雄性萤火虫看到了闪光，就知道在那里有一位"佳人"在等待着它，然后便飞到雌性萤火虫的住处，之后便是郎情妾意。不过，也有少数种类的萤火虫，雌性相对比较主动，它们会先发出一定频率的求爱闪光，雄性看见以后，也会以一定的闪光信号予以回应；经过几次信号交流，雄性便向雌性飞过来，双方确认恋爱关系。

不同种类的萤火虫闪光的颜色也有所不同。有的萤火虫发出的光是黄绿色的，而有的是橙红色，而且光的亮度也有所不同，还有

雌性萤火虫发光器

闪光的频率、闪光的次数以及光亮的时间等，不同的种类都会有所不同，因此不用担心萤火虫会认错对象，凭着这些，它们总能找到自己同类的异性。

萤火虫的发光器由发光层、反射层和透明表皮三部分组成。在萤火虫的腹部末端有一到两节的表皮非常薄，薄得几乎透明，光是通过透明的表皮发出的。表皮下面是一些能发光的细胞，发光细胞的下面是另一些能反射光线的细胞。发光细胞里含有很多线粒体，说明它们能制造出能量物质三磷酸腺苷（即ATP）。发光细胞还含有两种特别的成分：一种叫作荧光素，一种叫作荧光素酶。荧光素是一种磷化物，是发光的主要物质；荧光素酶是催化剂。萤火虫发光的过程需要有氧气参加，荧光素接受三磷酸腺苷提供的能量后被激活，在细胞内水分的参与下，由荧光素酶催化，激活的荧光素与氧气发生化学反应形成氧化荧光素，于是就产生了光亮。这些光经反光细胞反射，会更加光彩夺目。

其实，萤火虫并不会整晚发光，因为发光是需要耗能的。入夜后的闪光舞蹈一般只会持续2~3小时。荧光素发光以后，因能量消耗殆尽就暂时不能再发光了。要使荧光素再度发光，则必须等线粒体再度合成能量物质三磷酸腺苷。

## 营养丰富的精包

雄性萤火虫虽然是用光信号求爱，雌性也是通过光信号来回应自己喜欢的雄性，但在新婚之夜，雄性还会有额外的礼物相送，那就是营养丰富的精包。因为多数种类的雌性萤火虫在成虫期基本上不吃不喝，完全依赖幼虫期储备的物质和能量来完成交配和产卵，而且还会消耗大量的能量用于飞行。

在交配过程中，雄虫会在体内合成一个螺旋状的、胶质的精包，然后把精包传输到雌虫的受精囊，等精子从精包释放出来以后，剩余的就是满满的营养物质。这些营养物质会在雌虫的消化腺内进行消化吸收。对于这些不再从体外摄取营养的雌虫来说，这些营养物质非常重要，不但能够提高雌虫的寿命，还能提高雌虫产卵的数量和质量。

雄虫努力制造精包也是为了自己的基因得以延续，让雌虫繁衍

萤火虫

出更多自己的后代。有些雄虫发现雌虫体内已经有了别的雄虫留下的精包，就会先将这个精包拿出来，然后再将自己的精包放入雌虫体内；有些雄虫则是将自己的精包也放进去，与其他雄虫竞争在后代中的父权分配比例。雌虫也愿意与多个雄虫交配，从而获得更多的精包来提高自己的生殖能力。

## 🦟 "柔弱"的食肉动物

诗意浪漫的萤火虫，给人一种柔弱的感觉。的确，多数萤火虫成虫只喝水或者吃花蜜、花粉，少数成虫几乎不吃不喝，只消耗幼虫期间储存的脂肪。不过，萤火虫的幼虫却是个实打实的食肉动物。水生萤火虫幼虫主要捕食水中的小型螺类、贝类和其他的小动物。陆生萤火虫幼虫以蜗牛、钉螺等的肉为食。由于蜗牛以庄稼和蔬菜为食，是农作物的害虫，这么说来，萤火虫还是一种益虫呢。

与蜗牛相比，萤火虫的幼虫很娇小，那么它是怎么吃蜗牛的呢？原来，它进化出了一套对付蜗牛的神奇"法宝"。当发现蜗牛后，并不是立即去攻击，而是先假装与其亲近，然后再用头部那一对锐利的大颚将蜗牛钳住，同时将毒液注射到蜗牛体内，而且会连续注射好几次，直到蜗牛被麻醉，全身瘫软之后，它又接着给蜗牛注射一种液体，这回注射的是消化液，将蜗牛的肉消化溶解，变成鲜美的肉汁，再用它那针管般的口器插进肉汁里吸食。有时，它还会招呼同伴过来，共同分享这顿美餐。

关于萤火虫成虫的食性，科学家也有新发现：有的萤火虫成虫居然是肉食性的，不过它们吃的是别的萤火虫的成虫，算是同类相残吧。在美洲生活的妖扫萤属（*Photuris*）的雌性萤火虫，能够模拟阜提萤属（*Photinus*）雌性的闪光信号，将其雄性萤火虫吸引过来，然后再吃掉它来补充自身生存繁衍所需要的营养物质。这种现象称为"光拟态"。这是萤科昆虫中唯一一个成虫为捕食性的属。捕食异种雄虫之后，雌虫便获得了更多的营养，从而有更多的能量来增加产卵量。而且取食这些食物之后，它体内还能产生一种有毒物质，能使它的卵和幼虫免受天敌的危害。

## ❀ 令人嘘唏的生存现状

萤火虫是一类非常挑剔的昆虫，对环境的变化最为敏感。它们只生存在草木繁茂、水质清洁、没有任何污染的湿润的地方。也正因如此，它们成为非常重要的生态环境指示物种。而近年来，因为森林砍伐、河流污染、水土流失、农药和化肥的滥用等原因，造成萤火虫栖息地不断减少，萤火虫种类和数量出现断崖式下降。城市扩张也影响萤火虫生存环境，到处充斥的水泥和砖块结构，使得萤火虫成虫产卵和幼虫化蛹找不到合适的地点。萤火虫在现代城市中几乎绝迹。

除了因各种原因造成的栖息地的破坏和减少之外，对萤火虫的生存影响最大的还有光污染。我们都知道，萤火虫发光不是为了照明，而是它们的生存手段。灯光会干扰萤火虫成虫进行求偶和交配，也会干扰幼虫的自我保护能力。现在的城市，亮如白昼的夜晚、五光十色的城市夜景，根本不适合萤火虫的生存。所以，人们想在城市里看见一只萤火虫已经成为梦想。而偏远的山区也因为修建高速公路，设置了大量的人工照明设施，扰乱了成虫求偶的信号，使它们找不到对方，无法进行交尾，也使幼虫失去防御能力。

外来物种入侵也严重威胁着萤火虫的生存。在我国，作为一种经济种类引进的福寿螺，因为肉质不受欢迎的原因，造成该物种逸散到自然环境，使得水质不断恶化，而且因为螺体过大，也不能成为水生萤火虫幼虫的食物。逸出到自然环境中的克氏原螯虾，因其杂食习性和食量大，成了萤火虫最大的天敌。一些陆生的入侵种类

萤火虫

如非洲大蜗牛、牛蛙等，对萤火虫的生存来说，都是雪上加霜。

在这样恶劣的条件下，大多数萤火虫种类已进入濒危物种的行列。人们想要欣赏到点点流萤的浪漫之美，已经是一种奢求了。于是，一些无良商家看到了商机，打着浪漫、梦幻的旗号，开始搞起了城市萤火虫放飞活动，很多大城市搞起了"萤火虫晚会""萤火虫之夜""萤火虫文化节""夜精灵梦幻之约"……这些活动并没有营造出幻妙的浪漫气息，反而造成了虫尸遍地的可悲场景。

萤火虫成虫的生命只有短短几天，且对空气、水质、温度、光等条件的要求都很高，长距离运输很容易加速其死亡。同时，在现有技术条件下，人工养殖萤火虫很难做到批量生产，所以，用来营造"浪漫萤火虫之夜"的萤火虫，基本上都是野外捕捉并运往大城市的。这种行为势必破坏原产地的生态平衡。大量放生后，也会对流入地的自然环境构成影响。这对摇摇欲坠的萤火虫种群来说是又一次浩劫，不但所有的萤火虫都死于非命，而且这么多的萤火虫丧失了传宗接代的机会。好在这种行为很快引起了环保人士和环保组织的强烈抵制，野生动物主管部门发出行政命令，叫停了这种所谓浪漫的生意，同时禁止任何出售萤火虫活体的行为。

## 保护好萤火虫的家园

人类从来没有停止过追求光明的脚步。黑夜里欣赏萤火虫的闪光，不仅是儿时的梦想，也是很多成年人的愿望。但萤火虫是一类非常脆弱的昆虫，它们需要的是青山绿水的环境。我们不需要把萤火虫"拿来"欣赏，但可以去萤火虫生活的环境中欣赏它们的风采！

保护好萤火虫的栖息地环境，让人们走进栖息地去赏萤，真正做到人与大自然的和谐相处，既满足了孩童一睹发着光的小虫的愿望，又能让这些脆弱的萤火虫在大自然中茁壮成长，让我们的子孙后代都能欣赏到"提着灯笼"的小精灵。这就是萤火虫生态旅游的意义，同时也会给当地带来很好的经济效益，因为萤火虫的存在，标志着当地的农产品都是环保无污染的绿色食品。

在这一方面，世界很多国家都已经走在了我们前面，日本、澳大利亚、新西兰、马来西亚、印度尼西亚等都建立了很多赏萤地点。日本分布着上千个大大小小的萤火虫自然地，这些地方受政府保护；在马来西亚和印度尼西亚，可以去红树林赏萤，运气好的话，你还能看到一树萤火虫突然飞上天空，带来非常梦幻的情景。我国台湾阳明山国家公园、台中市的东势林场等也是著名的赏萤地点。

近年来，我国内地也开始开发萤火虫的生态赏萤点。山东沂水萤火虫生态保护基地是一个大型的地下溶洞，因有着数以万计的萤火虫，萦绕溶洞洞顶，故称为萤火虫水洞。这是一个常年能看到萤火虫的地方。游客可以在黑暗的洞内感受萤火虫的静谧世界，成千上万的萤火虫附于洞壁之上，犹如晴朗夜空中的繁星，熠熠生辉！萤火虫水洞中有3种萤火虫，分别是黄缘萤、窗萤、金萤。不同的种类发光的颜色也是不一样的。在洞内可以看到黄色、黄绿色和绿色的光，更是增添了一些奇幻色彩。目前全世界仅有2处萤火虫水洞，在亚洲只有山东这一处，在新西兰怀卡托还有一处，名为怀托摩萤火虫洞，不过，据说洞内发光的不是萤火虫，而是双翅目昆虫萤火蚋。

南京的紫金山也是一个保护得很好的赏萤地点。紫金山上有端黑萤、窗萤、黄脉翅萤等多种萤火虫，十分惊艳。福建的南靖土楼景区、沿线景点及国家级保护区萤火虫发生普遍，大约有12种，赏萤区全程达1300米。相信我国未来还会开发出更多的生态赏萤地点，萤火虫的生存条件会有很大程度的提升。

看似微不足道的萤火虫，跟生态环境有着极为密切的联系。青山绿水，是萤火虫赖以生存的家园，也是人类赖以生存的家园。保护好萤火虫的家园，也就保护好了我们人类的家园。希望不远的一天，萤火虫能够真正回到我们身边。

# 诗经里的
# 蜾蠃

中原有菽<sup>shū</sup>，庶民采之。螟蛉<sup>míng líng</sup>有子，蜾蠃<sup>guǒ luǒ</sup>负之。教诲尔子，式穀<sup>gǔ</sup>似之。

——《诗经·小雅·小宛》

　　《诗经·小雅·小宛》中写道："螟蛉有子，蜾蠃负之。教诲尔子，式穀似之。"诗中认为蜾蠃将螟蛉之子带回自己的巢中抚养，像对自己的孩子一样对它们进行教导；并借蜾蠃不辞辛劳地养育别人的孩子，象征那些勤于修德者，言王若不勤政以固位，必将有勤于修德者取而代之。那么，蜾蠃和螟蛉的关系真的如此吗？

## 蜾蠃和螟蛉的真实关系

　　自《诗经》之后很多年，人们总是习惯于把"螟蛉子"称作义子。更有甚者，西汉扬雄的《法言》中记述："螟蛉之子，殪而逢蜾蠃，祝之曰'类我，类我，久则肖之矣'。"意思是说蜾蠃把螟蛉带回家后，对着螟蛉念叨"像我，像我"，慢慢地螟蛉就变成蜾蠃了。此后，东汉许慎的《说文解字》、三国陆玑的《毛诗草木鸟兽虫鱼疏》、东晋干宝的《搜神记》、西晋张华的《博物志》、宋代陆佃的《埤雅》、元代朱公迁的《诗经疏义》等书籍中都延续了类似的记载。

　　到了南北朝梁代，陶弘景对此事产生了怀疑。经过多次细心的观察，他终于发现，蜾蠃抓来螟蛉子并不是要把它们变成蜾蠃，而是给自己孩子准备的"粮食"。蜾蠃不但有雌性，而且还有自己的后代。这个事件被他记录在自己的著作《名医别录》中，并且经过

蜾蠃

观察，他还发现蜾蠃有很多种类，所筑的巢也有所不同。明代皇甫沔的《解颐新语》中记载到，蜾蠃巢中的螟蛉幼虫并没有死，只是不能活动而已。至此，蜾蠃和螟蛉的关系基本上算是搞清楚了，是捕食和被捕食的关系。蜾蠃捕捉螟蛉以后，用毒针将毒液注入螟蛉体内将其麻醉，然后带入自己的巢中，这样螟蛉既没有死也无法逃脱。蜾蠃在巢中产卵，卵孵化为幼虫以后，就可以吃到鲜活的食物了。

## "蜾蠃"名字的来源

人类的语言和文字发展是一个由少到多、由简单到复杂的漫长的过程。语言中的词也是逐渐积累造出的。其中，两物相似赐以同一之名的方法，是古人命名造词的重要手段。古人对一个新事物命名的时候，往往会看它跟哪个已命名的事物有相似之处，从而为新事物起一个与旧事物相类似的名字。

昆虫"蜾蠃"的得名源自一种被称为"果蠃"的植物。果蠃又名栝楼、瓜蒌、吊瓜，是一种攀缘植物，它的果实为椭球形，通过

161

黄喙蜾蠃

一个短柄倒挂在藤蔓上。王国维在《尔雅草木虫鱼鸟兽名释例》中记载："果蠃、果蠃者，圆而下垂之意，即《易·杂卦传》之'果蓏'。凡在树之果与在地之蓏，其实无不圆而垂者，故物之圆而下垂者皆以果蓏名之……蜂之细腰者，其腹亦下垂如果蓏，故谓之果蠃矣。"因为蜾蠃的"腰"非常细，甚至有"欲断之势"，相比之下，它的腹部则显得更加粗圆，很像个吊着的小葫芦，正应了王国维那句"其腹亦下垂如果蓏"之形。所以"蜾蠃"源自"果蠃"，是取了蜾蠃的腹部与果蠃的果实的形状相似之处。法布尔《昆虫记》是这样描述它的："蜾蠃的肚子鼓鼓的，如同葫芦一样，却一点儿不妨碍它自由自在地飞行。"

## 蜾蠃的生活

蜾蠃属于完全变态昆虫，一生要经历卵、幼虫、蛹和成虫四个阶段。通常一年发生4~5代。蜾蠃以蛹越冬，春末夏初5~6月越冬蛹羽化，出现第一代蜾蠃。雌雄蜾蠃在交配之前过着自由自在的生活，它们在灌草丛中觅食，没有固定的住所，夜间就找一个避风的地方休息。但是雌蜾蠃却是非常负责任的妈妈，一旦完成交配，它

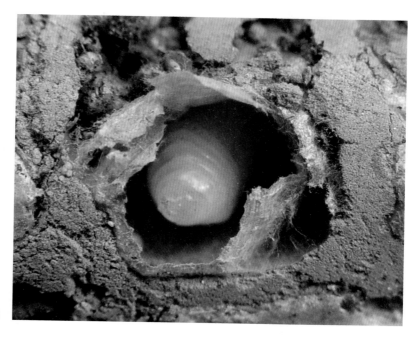

蜾蠃幼虫

就会给自己的孩子准备舒适的窝，还会给它们准备充足的食物。等雌蜾蠃不辞辛劳地筑好巢以后，就会在巢内产一粒卵，并通过卵端丝将卵固定在巢壁上，然后又不辞辛劳地去捕捉猎物储存于巢内，等它认为储存的猎物足以保证幼虫长大，就会封住巢口。然后再做下一个巢……

几天后，蜾蠃幼虫就孵化出来。它从巢壁上掉下来，刚好落在一堆猎物的中间，于是很快地爬到一个猎物身上，并把口针刺向猎物体内来吮吸体液。吃完一个之后又去吃第二个、第三个，一直到把巢内所有的猎物吸食完毕之后，老熟幼虫不再取食，然后贴着巢室内壁结茧化蛹，不久便羽化为蜾蠃。蜾蠃会用它那两个坚硬的大颚咬破"房盖"飞出来。然后重复父母的行为，觅食、交配、筑巢、产卵、捕捉猎物、封住巢口。

## 选址和筑巢

筑巢之前，蜾蠃要先选址。虽然几乎所有的蜾蠃都是用泥或黏土筑巢，但不同种类的蜾蠃筑巢地点不同。有的种类在地下或泥墙中筑巢，有的种类在树枝上筑球形巢，有的种类利用竹筒和

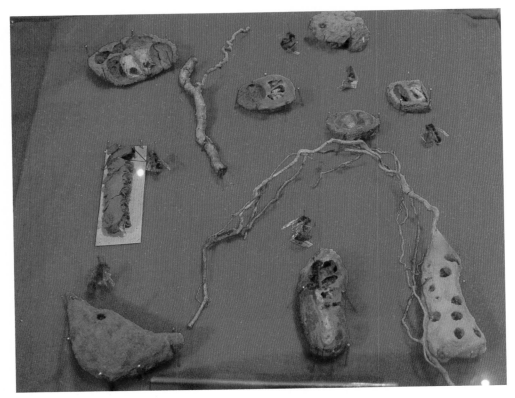

螺蠃的巢

小树洞等植物的孔洞筑巢，有的种类会利用蜂类舍弃的巢。螺蠃的种类不同，所筑巢的精致程度也不同，有些种类只是在旧的巢洞或者墙壁裂缝中涂一层泥就算完工，许多种类则会做成十分精巧的泥壶状的巢，做好一个之后又去别的地方再做另一个，而有的种类会在同一个地方连续做多个泥巢。螺蠃属于独栖性蜂类，大多数种类都是雌性个体单独筑巢，也有少数种类多个螺蠃聚集在一个小范围内一起筑巢，但也是各做各的巢。泥巢一般由腹部第一节延长成柄状的螺蠃衔泥制成，利用竹管筑巢的螺蠃，其腹部通常并不延长成柄状，而是直接将卵产于竹管或者苇管的内壁上。

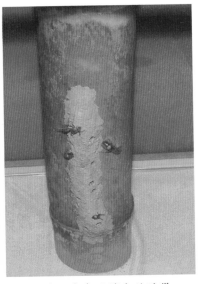

镶黄螺蠃在竹筒内筑的巢

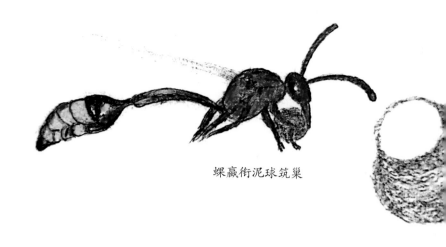

蜾蠃衔泥球筑巢

## 🐝 泥塑巧匠

做泥壶状巢的蜾蠃需要取水和泥，然后再塑型，最后还要再修修补补，才能到完成这件"艺术品"。这些工作都离不开那个由上颚、前足、口器和触角组成的"巧手"。

春、夏两季，每当蜾蠃生育子女之前，雌蜾蠃会先寻找一片水源，从中吸水，然后飞到有泥土的地方，把水和唾沫吐在泥土上，干泥土就会变湿变软。之后雌蜾蠃就将头部的两只大颚插到软泥里，挖起一团泥，再利用两只前足帮忙，逐渐把泥土和成球状。同时，两只触角也在不断触碰着泥球，借以判断泥球的大小，最后做成一个软硬适中、大小适当的泥球，再用两只大颚和前足抱起泥球，一口气飞到筑巢点。蜾蠃的取水点和取泥点一旦选好，基本上不会变更，即使遇到干扰，过一会儿还是会飞到那里取水取泥。

到达筑巢点后，蜾蠃用前足和上颚夹住泥球，并来来回回梳理泥球形成部分巢壁。弄好之后，蜾蠃又飞走了，一会儿又抱着一个泥球回来，在原有的基础上继续做巢。这样，蜾蠃花了一个多小时，先后弄来十几颗泥球，做成一个圆形的"小葫芦"，"小葫芦"上还有一个细颈，细颈上还砌出了一个像草帽一样的翻边，很像一个小泥壶，所以也有人把蜾蠃叫作泥壶蜂。此时，第一阶段大工程完工。

第二阶段是小活、细活。在猎物装满了泥壶之后，蜾蠃还要封住壶口和修补泥壶。蜾蠃会到取泥点取一个泥球回来，用前足和上颚共同努力将壶口堵死，再弄一个泥球填平壶口的翻边。之后还要用触角反复检查整个泥壶，在需要修补的地方加点泥，再飞起来在房子周围盘旋审视一遍，直到自己满意为止，然后再去做下一个泥壶。

## 给幼虫储备食物

泥巢做好以后，蜾蠃就在入口处插入腹部，产下1粒卵，之后雌蜾蠃的任务就是给幼虫准备食物了。那么蜾蠃幼虫的食物都有哪些呢？《诗经·小雅·小宛》中提到的螟蛉就是它的主要食物了。螟蛉指的是鳞翅目螟蛾的幼虫，是一种软软的"肉虫子"。实际上蜾蠃捕捉的猎物不止于此，还包括黏虫、尺蛾、棉铃虫、菜粉蝶等多种鳞翅目昆虫的幼虫，以及一些鞘翅目和叶蜂类的幼虫。有的蜾蠃还捕捉蚱蜢、小型蜘蛛，有的种类则会捕捉体形巨大的壁钱蛛，等等。但是，蜾蠃捕食具有专一性，一个蜾蠃巢内往往只储存同一种猎物。

为了给自己的宝宝提供足够的食物，雌蜾蠃总是急急忙忙地飞到菜田里、庄稼地、田野里寻找猎物，等它发现一只可口的猎物时，就会立刻咬住猎物的颈部，用尾部长针状的产卵器蜇刺猎物的腹部神经节，使其处于麻醉的无反抗状态，然后轻而易举地抱回巢中，放好之后又急忙去寻找下一个猎物，直到它认为不多不少正好够幼虫吃到化蛹。这正是蜾蠃的神奇之处，它能预测出孩子的食量。所以蜾蠃在每个巢内放入的猎物数量不是固定的，个体比较小的猎物数量就多，个体比较大的数量就少，一般数量在3~30条。因此，

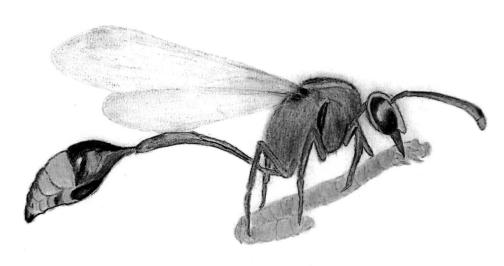

蜾蠃捕捉螟蛉

蜾蠃的幼虫就可以"放心地"一个一个地去吃掉它们，既不剩余，又无不足。

蜾蠃的毒液中含有某些作用于猎物神经系统的神经毒素，也就是可以使猎物麻痹的成分。蜾蠃毒液的麻痹作用依赖于蛋白质组分，其作用靶标位于中枢神经系统。蜾蠃捕猎时蜇刺排毒量也是经过"精心计算"的，猎物的大小不同排毒量也不同，既能使猎物尽快麻醉，又能使它长时间处于活着的麻痹状态。那些被麻醉的猎物只是运动神经被麻痹，动弹不得，但不会腐烂，更不会死去，只是一直处于昏睡状态。这样蜾蠃幼虫总能吃到新鲜可口的食物，并正好能完成生长发育。被蜾蠃毒液麻痹的猎物生理机能下降，又在潮湿的巢内不能动弹，所以很容易感染病菌，所以在蜾蠃毒液中不含有对猎物破坏作用较强的酚氧化酶，也不含有干扰猎物免疫反应的酚氧化酶抑制因子。这是蜾蠃在进化过程中经过自然选择的结果。

## 蜾蠃是胡蜂吗？

其实，蜾蠃是蜂的一个类群，又名蒲卢、土蜂、蠮螉、细腰蜂，属于膜翅目胡蜂总科蜾蠃蜂科。蜾蠃在全世界都有分布，热带较多。蜾蠃一般体长约为1.5厘米，身体是黑色的，并有一些黄色的条纹。其腹部第一节多为长柄状或粗短，第一节和第二节间常有缢缩。

胡蜂总科包含12个科，其中8个科在我国分布。虽然蜾蠃与胡蜂都属胡蜂总科，但它们属于两个不同的科，胡蜂是胡蜂总科胡蜂科的统称。胡蜂属于社会性昆虫，过的是集体生活，成千上万只胡蜂共同生活在一个蜂巢中，不但有蜂王、职蜂（工蜂）和雄蜂之分，而且它们在这个社会里各有分工，各司其职，共同维护和运营这个集体。而蜾蠃属于独栖性蜂类，它们独立生活，各自为政，因此蜾蠃繁殖后代的效率较低，其种群个体数量远不及社会性昆虫胡蜂，但蜾蠃种类繁多，是胡蜂总科中最大的类群，占总种数的一半左右。

## 与蜾蠃相似的泥蜂

因为以其腹部形状与植物"果蠃"的果实形状相似而得名，所以古人所说的蜾蠃可能不止我们现在所说的蜾蠃蜂科昆虫。因为有些种类的泥蜂和蜾蠃的形态非常相似，而且生活习性也极为相似，比如两者都是狩猎蜂、独栖性，成虫都以花蜜为食，也都有筑巢、捕猎和储虫等行为，所以古人极有可能把泥蜂和蜾蠃混为一谈。那么泥蜂和蜾蠃都有哪些区别呢？其实两者虽然都属于膜翅目，但它

泥蜂和巢（常凌小摄）

们却属于不同的总科，蜾蠃属于胡蜂总科，而泥蜂属于泥蜂总科。胡蜂总科的翅均为褶翅，而泥蜂总科的翅却非常平展。

泥蜂的分布极为广泛，甚至在北极圈内也有分布，以热带和亚热带最多。全世界已知9000余种。泥蜂的捕猎范围极广，猎物种类要比蜾蠃多得多。泥蜂是非常聪明的昆虫，它知道自己幼虫的食量，根据猎物的大小不同，捕捉的猎物数量也不同，有的仅捕捉一头大型猎物即可，有的捕捉几头小型的个体。这一点跟蜾蠃非常相似。

多数泥蜂在土中筑巢。沙泥蜂属、壁泥蜂属用泥土和唾液混合，筑成水泥状坚硬的巢；短柄泥蜂属利用地上的自然洞穴或其他昆虫的旧巢；少数小唇泥蜂在树枝内或中空的茎秆内筑巢。

泥蜂与蜾蠃一样，平时自由生活，没有固定的巢穴。两性交配以后，雌蜂就会进行一系列饲育幼虫的行为：筑巢、捕捉并麻醉猎物、搬运猎物至巢室、在猎物身上产卵、封闭巢室等。但顺序因类群进化水平不同而有所差异。大多数泥蜂先筑巢，然后多次捕捉猎物并将其麻醉后带回巢中，然后在其中一头猎物身上产卵，最后封闭巢室。幼虫孵出后取食猎物，直至老熟化蛹。少数种类为渐进式饲育，如柔毛沙泥蜂，巢筑好后，雌蜂先捕捉一头猎物放入巢内，然后在猎物身上产一卵，但并不封闭巢口，幼虫孵化后先取食这一头猎物。等幼虫吃光第一头猎物后，雌蜂再捕捉一头猎物放入巢中，幼虫不断取食，雌蜂不断地给它补充饲料，直到幼虫发育老熟不再取食，雌蜂才封闭巢口。一只雌蜂通常可以同时给3个巢室的幼虫连续提供食物。

# 诗经里的
# 螟螣、蟊贼

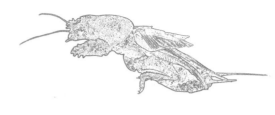

既方既皂，既坚既好，不稂不莠。去其螟螣，及其蟊贼，
无害我田穉。田祖有神，秉畀炎火。

——《诗经·小雅·大田》

天降丧乱，灭我立王。降此蟊贼，稼穑卒痒。哀恫中国，
具赘卒荒。靡有旅力，以念穹苍。

——《诗经·大雅·桑柔》

瞻卬昊天，则不我惠？孔填不宁，降此大厉。邦靡有
定，士民其瘵。蟊贼蟊疾，靡有夷届。罪罟不收，靡
有夷瘳。

——《诗经·大雅·瞻卬》

天降罪罟，蟊贼内讧。昏椓靡共，溃溃回遹，实靖
夷我邦。

——《诗经·大雅·召旻》

《诗经·小雅·大田》是一首记述农业生产的诗歌，描写了一年中从春耕播种到去除杂草、虫害再到丰收的整个过程，其中"去其螟螣，及其蟊贼，无害我田穉"，既是人们为庄稼丰收所作的田间管理工作，也是一种美好的愿望，希望能够除掉螟、螣、蟊、贼这些农业害虫，不要让它们为害田里的庄稼。《毛传》："食心曰螟、食叶曰螣、食根曰蟊、食节曰贼。"《尔雅·释虫》："食苗心螟，食叶螣，食节贼，食根蟊。"这些都充分说明我国古人早就意识到：螟是蛀心的害虫，螣是食叶的害虫，蟊是食根的害虫，贼是蛀食茎秆的害虫，而螟、螣、蟊、贼就包含了一切为害庄稼的害虫。在农业社会中，虫害轻则减产，重则饥荒，所以，从帝王到百姓都非常重视害虫的防治。

害虫从来都令人讨厌，所以，"蟊贼"也常用来形容小人、坏人、恶人等。《诗经·大雅·召旻》有："天降罪罟，蟊贼内讧。"是说天降灾祸使得百姓受苦，而小人内讧使得朝纲败坏。《诗经·大雅·瞻卬》有"蟊贼蟊疾，靡有夷届。罪罟不收，靡有夷瘳。小人为恶，残害生灵，民不聊生"，是说小人作恶就像蟊贼残害禾苗一样可恶。

## 🐛 大田害虫

大田害虫，也就是我们说的农业害虫。农业害虫是指能够引起农作物或农产品受损害，或对农业生产具有潜在威胁的昆虫。古人根据害虫对农作物的为害部位将农业害虫简单地分为螟、螣、蟊、贼四大类。后世的研究中也有一些专家将这些害虫做了进一步的鉴定，比如，《诗经·小雅·大田》中的"螟"，有人认为是螟类，还有一些人更具体，认为是二化螟、栗灰螟、高粱条螟等。《诗经·小雅·大田》中的"螣"，《尔雅》认为是"食叶，蟼"，为蝗类，后来有人进一步指出是中华稻蝗。从西安半坡遗址来看，我国禾本科作物的栽培已经有6000多年的历史了，那时人们也必然会遇到成群结队的蝗虫。

事实上，同一种昆虫，并不是只为害植物的某一部位，很多昆虫成虫期和幼虫期为害植物的不同部位，甚至不同龄期的幼虫为害植物的部位也不同。比如近年来为害水稻比较严重的二化螟、三化螟和大螟等钻蛀性害虫，大部分为害时期都是在幼虫期，水稻从

蛴螬

蝼蛄

金龟子

秧田期至成熟期均可遭到螟虫的为害。为害初期，初孵幼虫群集在叶鞘内侧蛀食，叶鞘外面出现水渍状黄斑，后期叶鞘枯黄，叶片渐死，表现为枯鞘；2龄以后幼虫开始蛀入稻茎取食为害，被蛀茎秆剑叶尖端变黄，严重的心叶枯黄而死，形成枯心苗；幼虫钻蛀稻株后，可使分蘖期的水稻造成枯鞘和枯心，使孕穗期的水稻造成枯孕穗和白穗，使灌浆成熟期的水稻造成秕粒增多，遇大风易折倒。在历史上造成无数次蝗灾的飞蝗，大暴发的时候，密密麻麻地从天而降，所到之处将所有的植物一扫而光，那个似乎带有利牙的口器可以咬断任何粗细的茎秆，更别说薄薄的叶片以及花蕾和嫩果了。而在发生量小的时候，蝗虫只取食植物的叶片。对作物为害严重的地下害虫蛴螬，是鞘翅目金龟总科幼虫的总称，是为害严重的一类地下害虫。蛴螬终生生活在土中，喜食刚播下的种子、根、块根、块茎以及幼苗等，成虫金龟子则为害作物的叶片、幼芽、花器等。而地下害虫蝼蛄的成虫和幼虫都为害植物的根。

所以，根据取食部位对害虫进行分类对害虫防治没有多大的实际意义，正确认识害虫的种类，了解害虫的生活习性和为害规律，才是害虫防治工作的前提。今天，害虫仍然是农业丰产丰收的大敌。据联合国粮农组织（FAO）估计，全世界的粮食每年因病虫害约损失三分之一，其中至少有一半是因虫害造成的损失。全世界5种重要作物（稻、麦、棉、玉米、甘蔗）每年因虫害损失达2000亿美元。在我国，可以造成经济损失的害虫有770多种，主要分布在直翅目、缨翅目、同翅目、半翅目、脉翅目、鳞翅目、鞘翅目、膜翅目、双翅目9个目。一般将能周期性为害，如果不控制就可以造成较大损失的害虫，视为重要害虫。

## 农业害虫防治

自从开始种植粮食作物，人类就开始与农业害虫作斗争。可以说，我国农业发展的历史，就是一部不断与农业害虫作斗争的历史。《周礼·秋官》记载有多种专管治虫的官职，《管子·度地》则把除虫列为五项国家急务之一。可见早在春秋战国以前，我国就已经广泛进行农业害虫的防治工作了。而最早的害虫防治方法也出现在《诗经》里。《诗经·小雅·大田》在谈到除虫时也特别提到"秉畀炎火"，就是把害虫投到大火里烧死的意思。

## 农业防治

农业防治就是在不减损作物应有产量的前提下，改变人力能够控制的诸多因素，创造有利于农作物生产和天敌发展，不利于害虫发生的条件，达到防治害虫的目的。农业防治对害虫的防治作用十分明显，它采用的各种措施主要是恶化害虫的营养条件和生态环境，调节益虫、害虫的比例，达到压低害虫虫源基数，抑制其繁殖或使其生存率下降的目的。

清洁田园可以有效破坏害虫的栖息繁衍条件。农谚道："若要来年害虫少，冬天除去田边草。"及时清除田间的枯枝落叶，集中处理落果、遗株，可消灭大量潜伏的多种害虫，降低田间虫源基数。

深耕翻土可将杂草和作物秸秆上的虫卵翻入地下，将越冬幼虫翻至土表冻死，或通过机械损伤，增加其越冬死亡率。我国民间一直流行着"一户不秋耕，万户遭虫殃""霜降到立冬，翻地冻虫虫"的农谚，强调了深耕翻土的重要性。深耕翻土对地下害虫的防治非常有效。

种植抗虫作物和抗虫品种也是古代治虫方法之一。贾思勰的《齐民要术》曾记载在86个粟的品种中有14个"免虫"品种，南宋董煟的《救荒活民书》引北宋吴遵路的经验，针对蝗虫不食豆苗的特性，教民广种豌豆，以避蝗害。如今，在害虫防治中，种植抗虫品种仍然是首选的有效方法之一。生物技术的发展和育种技术的提高为选育抗虫品种提供了有力的技术支持。目前，水稻、小麦、棉花、油菜等作物抗虫品种的应用都取得了巨大成功。我国自1997年开始种植转基因抗虫棉花，到2008年种植面积已经达到380万公顷，占全国棉花面积的70%。种植转基因抗虫棉花已经成为防控棉花害虫的关键措施，对有效控制棉铃虫和红铃虫的为害发挥了重要作用。

合理轮作可以破坏单食性害虫的寄主桥梁，使某些害虫失去寄主食物，恶化其生存环境，使其种群数量大幅度下降。如实行大豆与禾谷类作物轮作，能有效地抑制大豆食心虫和大豆根潜蝇的为害。我国民间也流传着"倒茬换种，消灭害虫"的农谚，反映了人们对轮作防虫作用的极度重视。

## 物理防治

物理防治方法包括最简单的人工捕杀到近代新技术，如利用昆虫对某些物质趋性的诱杀法、设置适当障碍物的阻隔分离法以及利用高温或低温杀死害虫等方法。

人工捕杀法。《汉书·纪·平帝纪》记载：元始二年，青州蝗灾最为严重，派遣使者捕蝗，人们捕得蝗虫交给官府，可按捕获数量获得钱财奖励，这是大规模人工捕蝗的最早记载。东汉王充《论衡·顺鼓篇》首次记载掘沟阻隔、驱蝗入沟、聚而歼之的开沟除蝗法。汉以后古书中关于人工扑打的记载更多，值得注意的是，人们逐步注意到掌握防除的时机。例如对蝗虫的防除，《捕蝗要法》引李秘园《捕蝗记》记载："早晨沾露不飞，日午交媾不飞，日暮群聚不飞。"指出要抓住这三个时机捕打蝗虫。

诱杀法。根据害虫对灯光、诱剂、色彩等不同物质的趋性，对害虫进行诱杀。灯光诱杀，是利用害虫的趋光性，安装杀虫灯来引诱害虫。主要有太阳能杀虫灯。这种灯防治面积大、适用范围广；还有利用害虫对光、波、色、味等的趋性对其进行诱杀的频振式杀虫灯，其光谱独特，既可诱杀害虫，又能保护天敌。诱剂诱杀，是利用金龟子、地老虎、斜纹夜蛾、黏虫等害虫对糖、酒、醋的趋性进行诱杀，称为糖醋液诱杀。谷草把诱杀，是利用黏虫喜欢在黄色枯草上产卵的特点，把它引到谷草把上产卵，然后集中销毁。色板诱杀，主要有黄板和蓝板，这是应用较为广泛的物理措施之一，主

黄板

防虫隔离带

要利用害虫对不同颜色的强烈趋性，制作相应颜色的粘虫板，对蚜虫、粉虱、叶蝉、斑潜蝇、蓟马等害虫进行诱捕。

阻隔法。依据害虫生活习性，设置各种障碍物，防止其为害或阻止其蔓延。如使用防虫隔离带、树干刷白、果实套袋等。

## 化学防治

20世纪40年代，DDT的出现使得害虫防治发生了革命性的变化。它的杀虫效率十分显著，只需微量就能杀死害虫，而且药效又十分长久。DDT应用于生产不久，又陆续合成了六六六、氯丹、艾氏剂等强效化学农药。由于化学农药在害虫防治方面具有见效快、易操作、受地域和季节影响较小、经济效益高等优势，尤其是在对繁殖速度快或暴食性害虫，或在短期内能造成严重危害的害虫的应急防控方面具有无可比拟的优势，很快成为农业害虫防治的主要措施。化学农药的杀虫效力改变了人们防治害虫的策略和观念，甚至有些人乐观地认为，其他防治方法都是无关紧要的，只要用这些杀虫剂，农业害虫问题就能解决，甚至可消灭世界上所有的害虫，在若干年后，昆虫分类学家估计连害虫标本都难以采到了。

然而，随着化学农药的大量使用，却带来了一系列严重的副作用，如害虫出现抗药性、次要害虫上升为主要害虫、害虫天敌被大量杀死，以及农药在环境中的残留和富集，对大气、水域、土壤和农产品的污染，对人畜健康造成威胁，等等。这些问题使人们不再盲目依赖化学农药，尤其是高毒、高残留的农药。但目前，在害虫暴发的时候，化学农药无疑是最有效的防治方法，它仍然不失为害虫防治的重要手段之一。

### 生物防治

生物防治就是利用各种生物的代谢产物或有益生物来控制有害生物。生物防治的优点在于不污染环境、对人畜安全，有的能长期控制病虫害，对植物、天敌和有益生物影响小，对食物链不产生破坏作用，是实现农业害虫绿色防控、农业可持续发展的重要途径。但生物防治需要一定的反应周期，没有化学防治效果明显，见效慢，因此需要与其他防治方法结合进行。生物防治措施主要包括以虫治虫、以菌治虫、以病毒治虫、以昆虫信息素及昆虫生长调节剂治虫等。

以虫治虫是指用害虫的天敌昆虫来防治害虫。以虫治虫是农业害虫防治中非常重要的防治方法，我国是世界上第一个用害虫天敌来防治害虫的国家。晋代嵇含《南方草木状》（公元304年）记载，广州等地曾用黄猄蚁来防治柑橘害虫并取得明显成效。农业害虫常见的天敌昆虫包括捕食性天敌和寄生性天敌两大类。捕食性天敌昆虫种类较多，大约有19个目120多个科。捕食性天敌在生长发育过程中需要消耗大量的害虫，而每种害虫可以被10种以上乃至更多天敌捕食，因此，捕食性天敌控制害虫的效果非常明显。常见的捕食性天敌有草蛉、瓢虫、螳螂、步甲、食虫蝽象、

草蛉

胡蜂、食虫虻等。寄生性天敌包含在5个目98个科中，其中双翅目、膜翅目寄生性天敌种类最多，包括各种寄生蝇和寄生蜂等，它们寄

食虫虻

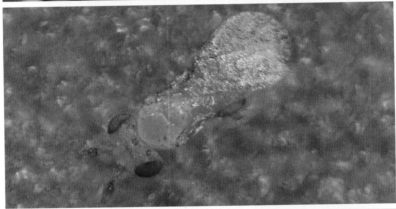

赤眼蜂

平腹小蜂卵卡

生在蝶蛾类等幼虫体内或蛹内，致其死亡。棉铃虫、玉米螟、稻苞虫、苹果小卷叶蛾等害虫都可以作为其宿主。有的寄生蜂可以将卵产于植物中，在寄主取食植物时进入寄主的消化道内。

目前，人工培育天敌昆虫消灭害虫已经成为生物防治技术的重要手段之一，天敌昆虫的规模化生产技术和大量释放技术可以有效防治很多农业害虫，对保护生态环境和生物多样性、生产绿色食品等具有重要意义。国际上天敌昆虫规模化生产已取得显著成绩，截至目前，世界上规模较大的天敌公司已多达200多家，有180种以上的天敌被商业化生产和销售，广泛应用于大田保护地、温室、果园等。我国天敌昆虫的产业化还处在起步阶段，天敌昆虫生产企业只有20多家，且较为分散，能够大规模生产的天敌种类仅20多种，主要有赤眼蜂、食蚜瘿蚊、丽蚜小蜂、平腹小蜂、小花蝽、捕食螨、异色瓢虫、草蛉、周氏啮小蜂、管氏肿腿蜂等。我国天敌昆虫产业化之路任重道远。

利用周氏啮小蜂防治美国白蛾

以菌治虫就是利用微生物的寄生或产生的毒素防治害虫，利用昆虫的致病微生物形成一定的制剂，对人畜无害，无污染，可像化学农药一样喷洒。常见的微生物有细菌、真菌、病毒等。目前，国内研究开发利用的微生物杀虫剂有真菌杀虫剂、细菌杀虫剂、病毒杀虫剂，应用最多的是细菌杀虫剂。如细菌杀虫剂 Bt 对小菜蛾、小地老虎、斜纹夜蛾的幼虫有很好的防治效果。病毒杀虫剂是以昆虫为寄主的病毒类群，有颗粒体病毒、核型多角体病毒等，这类病毒可使某些植物害虫在自然环境中受到感染，可以抑制害虫的活动。真菌杀虫剂有白僵菌、绿僵菌、拟青霉等。在适宜条件下。绿僵菌、白僵菌能穿透害虫的皮肤进入虫体，并分泌代谢产生有毒的僵菌素，以达到防治害虫的目的。我国很多地方用绿僵菌来防治杨树上的天牛和金龟子等地下害虫，用白僵菌来防治马尾松毛虫。

## 害虫综合治理

害虫防治是农业生产中的一个重要环节。随着农业生产方式的不断变革和科学技术的进步，害虫防治的理论和实践不断发展，防治水平也在不断提高。纵观古今，农业害虫的防治大致经过了原始防治阶段、化学防治阶段、综合治理阶段、持续控制阶段。

自从化学农药大量使用造成严重后果之后，人们开始探索新的害虫防治途径。对于多数害虫，人们认为不可能用一种方法完全控制其为害，从而提出了综合防治的思想，旨在把各种方法配合起来，取长补短，提高防治效果。我国在1975年的全国植物保护工作会议上确立了"预防为主，综合防治"的病虫害防治方针。在长期的害虫防治过程中，人们逐渐发现，把害虫"赶尽杀绝"是不可能的，也是完全没有必要的，只要把害虫控制在不影响农业生产的水平就可以了，于是提出了害虫综合治理（IPM）的概念，即从生物与环境的整体观点出发，本着预防为主的指导思想和安全、有效、经济、简易的原则，因地因时制宜，合理运用农业的、化学的、生物的、物理的方法，以及其他有效的生态学手段，把害虫控制在不足为害的水平，以达到保护人畜健康和增加生产的目的。实际上，害虫综合治理（IPM）就是害虫可持续控制的战略。

害虫可持续控制就是保护生物多样性，保护生态环境，谋求人类和自然的协调共存，以达到自然控制害虫。害虫可持续控制强调少用或不用剧毒的化学农药，使所有食品及加工品没有残毒，生态平衡不被打破，环境不被污染，成为可持续农业发展的一个有机组成部分。这也是人类可持续发展的重要部分。2006年4月，农业部提出了"公共植保、绿色植保"的理念，进一步强化了害虫无公害持续控制的指导思想，害虫防治越来越高效、科学和环保，我国的害虫防治也进入了一个崭新的阶段。

# 诗经里的
# 蜂

予其惩，而毖后患。
莫予荓蜂，自求辛螫。
肇允彼桃虫，拚飞维鸟。
未堪家多难，予又集于蓼。

——《诗经·周颂·小毖》

　　在原始社会，人类主要依靠渔猎和采集为生，也从蜂巢中获取蜂蜜、蜂花粉等蜂产品作为珍馐，因而常受到蜂群的攻击，所以蜜蜂的蜇刺和毒性给人们留下了不太好的印象，在古代的很多文学作品中对蜜蜂都有贬义的描述。《诗经·周颂·小毖》中"莫予荓蜂，自求辛螫"，警告人们不要轻视那些看似微小的蜂，招惹它们可是要被蜇的。诗中把蜂比作小人，告诫人们要远离小人，否则受到伤害那就是咎由自取。即便人们逐渐开始猎取蜂产品，且将蜂蜜、蜜蜂幼虫等列为敬奉父母和君王的珍馐，但不少文学作品中描写的"蜂"仍蒙着一层贬义色彩。《国语·晋语》中"蛕蚋蜂虿，皆能害人"，《左传》中"蜂虿有毒，而况国乎"，都是把蜜蜂比作害人的灾和祸。而到了隋唐时期，对蜜蜂的描述主要是"慵懒闲适"了。元明时期，蜜蜂又变成了穿梭于花间的"浪荡子"的形象，还有一直沿用到现在的成语如"狂蜂浪蝶""蜂趋蚁附"等，都对蜜蜂带有很强烈的贬义和讽刺感。

　　这种具有尖尖的蜇刺并对人类有致命威胁的小虫有时候也充满了神秘色彩，因而被人类所崇拜，甚至作为部落图腾，直到现在，有些地区的少数民族还自称是蜂的后代。在人类广泛驯养蜜蜂之后，它们勤劳勇敢和无私奉献的精神，更是广受华夏儿女的爱戴，赞美蜜蜂勤劳、团结、无私奉献的诗歌举不胜举，其中唐代诗人罗隐的

中华蜜蜂

《蜂》最为著名，诗中写道："不论平地与山尖，无限风光尽被占。采得百花成蜜后，为谁辛苦为谁甜？"蜜蜂也成为人们寄托情感的常见物象之一。

## 种类多样的蜂类

蜂是膜翅目昆虫的统称。虽然我们一般不认为蚂蚁是蜂类，但蚂蚁在分类上隶属于胡蜂总科，也有人称蚂蚁为没有翅的胡蜂。膜翅目广泛分布于世界各地，从干旱的沙漠到潮湿的沼泽，从北极的冻原到热带雨林，几乎各种陆地生境中都有它们的身影。全世界已知膜翅目昆虫约有14.5万种，中国已知近12500种。它们的体形大小差异很大，最大的翅展可达10厘米，而最小的只有1毫米。在昆虫纲中，膜翅目仅次于鞘翅目和鳞翅目而位居第三。大多数蜂类为捕食性或寄生性，只有少数为植食性。对人类而言，膜翅目是昆虫纲中最有益的类群之一。膜翅目的生活习性表现出极大的多样性，其中蜜蜂、胡蜂和蚂蚁等都具有复杂的社会性组织。

膜翅目分为广腰亚目和细腰亚目。广腰亚目腹部和胸部广接，腹基部不收缩成细腰。细腰亚目腹基部缢缩，呈细腰状，腹部第一

青蜂

寄生蜂

节向前延伸，并入后胸，称为并胸腹节，第一腹节称为腹柄。细腰亚目又分为针尾部和寄生部。

针尾部分为4总科——青蜂总科、胡蜂总科、泥蜂总科和蜜蜂总科，约有21科，我国分布有15科。针尾部有毒腺和毒针，会蜇人。针尾部的产卵器发生了特化，失去了产卵功能而发育成蜇针，为刺蜇时注射毒液的一种构造，是狩猎或防卫的一种武器。卵从蜇针基部产出，不经过蜇针。这些类群的毒腺非常发达，所注射的毒液在麻醉较大的动物时特别有效，甚至能使它们产生剧烈疼痛。

寄生部总共有9总科——钩腹蜂总科、巨蜂总科、旗腹蜂总科、冠蜂总科、瘿蜂总科、小蜂总科、细蜂总科、分盾细蜂总科和姬蜂总科。这些类群的种数在膜翅目中占的比例很大，除瘿蜂总科外，多为寄生性种类，包括外寄生和内寄生，主要寄生于其他昆虫和节肢动物中，在自然条件下，能够毁掉大量害虫，因此也是生物防治中重要的天敌昆虫，为农林蔬果的生产作出了巨大的贡献。

## 🐝 蜇人的蜂类

蜜蜂具有强烈对比的黄黑相间的条纹，这是一种警戒色，警告天敌：我可不是好惹的，不信你试试？这招确实管用，当我们看见那些身披条纹战袍、尾部晃动着飞舞于花间的小飞虫时，会条件反射地害怕、恐惧，尽量躲着它们，就怕一不小心惹恼了它们。事实上，具有黄黑条纹的不只是蜜蜂，还有让我们更加恐惧的胡蜂。它们比蜜蜂还要凶狠，造成的后果也更为严重。

胡蜂俗称黄蜂、马蜂、黄胡蜂、草蜂等，体形较大，有些胡蜂甚至比蜜蜂大好几倍。除了黄黑相间的条纹，有的胡蜂还有红色或褐色与黑色相间的条纹。由于胡蜂的身上没有像蜜蜂那样的绒毛，所以显得更为恐怖。蜜蜂的口器是嚼吸式，用来吸食花蜜和花粉，胡蜂的口器是咀嚼式，用来咬住和咀嚼猎物。蜜蜂刺蜇主要出于防御，而胡蜂则是攻击。因此蜜蜂刺蜇是以牺牲自己为代价，毒针会留在被蜇物体内，而胡蜂却可以将毒针拔出，因此胡蜂可以进行多次刺蜇。这是因为，蜜蜂刺蜇和释放毒液是为了防御熊、獾等野兽的盗蜜行为，而胡蜂则需要多次捕食小型无脊椎动物作为下一代的食物。

胡蜂素有"杀人蜂"之称，可见蜂毒毒性很强，又因大多数胡蜂的蜂巢较大，而且有些蜂巢的形状很像人头，所以也称"人头蜂"。常见的蜇人胡蜂有基胡蜂、黑胸胡蜂、拟大胡蜂、金环胡蜂、黑盾胡蜂、陆马蜂、亚非马蜂等。胡蜂成蜂一般群居于巢面上，当人或动物触碰到巢穴时，胡蜂就会群起而攻之，将其蜇伤，严重者会引起死亡。因为胡蜂不能像蜜蜂那样给人类酿蜜，提供蜂王浆，所以人类对胡蜂更为厌恶和恐惧。其实，胡蜂不会主动攻击人和大型动物，而是捕食小型的节肢动物，因而能消灭农田中的大量害虫。如果没有这些食欲旺盛的胡蜂，很多昆虫将会在人们的农田和花园里泛滥成灾。

黑胸胡蜂

## 🐝 蜜蜂 VS 胡蜂

蜜蜂和胡蜂一样，属于典型的社会性蜂类，具有固定的居住地，它们为自己建造了一个统一的居住点——蜂巢。每个蜂巢由若干个蜂房组成。在每个蜂巢中，都是由1只蜂王、数百只雄蜂和数万只工蜂组成。每个蜂群内都有严密的组织和细致的分工，每个成员各尽其职、互相配合、共同维持群体的生活。蜂王都要通过婚飞进行受精；雄蜂只负责交配，雄蜂完成任务之后，就毫无后顾之忧地死去了；工蜂根据日龄不同其工作的类型也不同，主要有守卫蜂、采集蜂、清洁蜂、饲喂蜂、筑巢蜂等。

但蜜蜂和胡蜂也有很多不同之处，主要表现在交配方式、蜂王工作内容、食性、建巢方式、建巢材料等方面。

1）交配方式不同

胡蜂属于混交制，可以多只蜂王和多只雄蜂进行交配。然后蜂王会把它们的精液储存在储精囊里，用一辈子。而蜜蜂一般是一只蜂王和多只雄蜂交配，直到蜂王体内的储精球装满了精液，足够终生产卵使用时为止。此后它一生都不再交配。

2）蜂王工作内容不同

胡蜂蜂王在建巢初期需要负责建巢和育幼，等第一代成蜂出现以后，蜂王就只负责产卵了，而蜜蜂蜂王一生从来不做其他任何工作，只负责产卵，建巢和育幼都是没有生育能力的工蜂的事。

3）食性不同

成年胡蜂主要以瓜果、花蜜和含糖的汁液为食。但胡蜂的幼虫是肉食性，成年蜂捕食鳞翅目、双翅目、直翅目、膜翅目、蜻蜓目等昆虫并且咀嚼成肉泥，然后喂养幼虫。蜜蜂的成年蜂和幼虫都是植食性，它们都以花蜜和花粉为食。

4）建巢方式不同

胡蜂建巢是从一只蜂王开始的，蜂王在秋季交尾受精后便进入越冬期，一般在墙缝、树洞、灌木丛中，单个或数个蜂王挤在一起度过严寒的冬天。春季气温回升，越冬的蜂王复苏，经过一段时间的活动和补充营养后，蜂王开始亲自建巢，先做一个有几个纸质巢室的小巢，小巢通过一个短柄呈悬吊状，短柄与小巢之间还有保护性包壳，呈伞状扣在小巢基部，部分包住了小巢，小巢中的巢室端

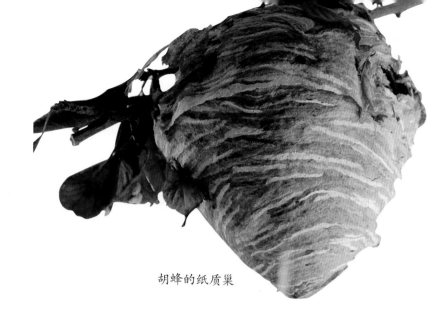

胡蜂的纸质巢

部是开口的。一个巢室产一个卵，边筑巢边产卵。幼虫孵化后，蜂王便捕捉其他昆虫，嚼烂后团成球状喂饲幼虫。胡蜂捕捉到猎物时一般不进行蜇刺，仅以足抱牢，然后用上颚把它咬碎喂食。第一批幼虫羽化为成蜂后，便接替母亲承担起社会的全部工作，包括扩大巢穴，而母亲则专司产卵。

蜜蜂建立新巢是通过自然分蜂的形式进行的。每当巢内蜜蜂增加到一定数量，工蜂劳动力过剩，出现拥挤窝工的时候，工蜂就会营造新王台，培育新蜂王。老蜂王逐步缩小腹部，停止产卵。当新蜂王即将出房的时候，老蜂王就带领一部分喝饱了蜜的青壮工蜂飞离老巢，选择新居，重新建造新巢，安家立业。旧巢内，新蜂王一出房就竭力搜寻破坏其他未出房的王台，把"王位"的潜在争夺者扼杀在"摇篮"里；或是找同时出房的新王进行"决斗"，以争夺"王位"。最后，由胜利者承袭"王位"。蜜蜂就是用这样的方式进行"分家"从而繁殖群体的，这种"分家"的方式俗称"自然分蜂"。在自然情况下，蜜蜂一年可进行2~3次分蜂。

5）建巢材料不同

胡蜂巢的构筑材料多为木质纤维，如草根、树皮、锯木屑等，有的胡蜂巢呈葫芦状，被当地居民俗称为"葫芦包"。胡蜂将木质纤维咀嚼成纸浆状来筑巢。巢室为六角形，口朝下。不过，胡蜂的巢每年只住半年，秋季离巢后旧巢就废弃不用，来年春天重新筑巢。有的胡蜂在旧巢的基础上再建新房，因此数年之后就会形成一个比较大的蜂巢，甚至出现巨型蜂巢。

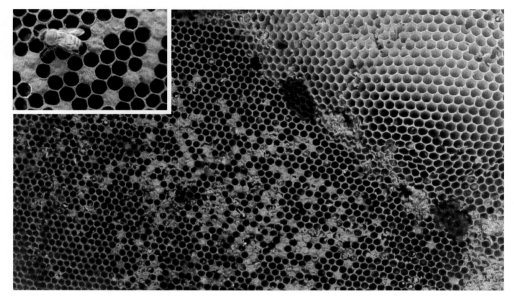

六角形的巢房

　　蜜蜂居住的蜂巢是由工蜂用蜡腺分泌的蜡片筑成的。蜂巢由多片巢脾组成，每一片巢脾的两面整齐地排列着六角形的巢房。由13~17日龄的工蜂充当"建筑工"的角色，负责分泌蜂蜡建造蜂巢。据数学家测量计算，像蜂房那样的六角形柱状体是在同样条件下用料最少、容积最大的建筑结构，无怪乎人们把工蜂叫作"天才建筑师"。不过，巢房并不是蜜蜂的"卧室"，而是它们哺育幼虫的"摇篮"和贮存蜂蜜、花粉的"仓库"，成年蜜蜂与胡蜂一样，在巢脾上活动。

## 蜜蜂传粉

　　虽然蜂蜜、蜂王浆、蜂花粉、蜂胶、蜂毒这些蜂产品在医疗、保健、美容、饮食等方面起着非常重要的作用，但是蜜蜂对人类最大的贡献并不是这些，而是它们在维护生态系统平衡中所起的关键作用。蜜蜂是异花授粉植物的主要传粉者，许多被子植物得以繁衍生存、代代相传，离不开蜜蜂的帮忙。它们轻盈地从一朵花飞到另一朵花，在采蜜的同时，"顺便"完成了为植物授粉的工作。在人类所利用的1300种植物中，就有1100多种需要蜜蜂的授粉。爱因斯坦曾经说过："如果蜜蜂从地球上消失了，那么人类只能再活4年。没有蜜蜂，就没有授粉，就没有植物、没有动物，也就没有人类。"一只蜜蜂一天能采花7000余次，蜜蜂每酿1千克蜜，需要采200多万朵花，约需飞行45万千米。一只蜜蜂一次飞行，能给瓜类带来48000粒花粉。

虽然目前在我国，不论是大田还是温室，应用最广泛的是蜜蜂授粉。但在设施农业里，呆萌可爱的熊蜂比蜜蜂更适合为反季节蔬菜瓜果授粉，特别是茄科类对熊蜂授粉依赖更强。熊蜂属于蜜蜂科熊蜂属，在全世界已知有250多种，我国已知有150多种，是全世界熊蜂种质资源最丰富的国家。熊蜂在我国分布极广，东北地区和新疆分布的种类最为丰富。同蜜蜂相比，熊蜂群体的寿命要短得多，到秋末就解体了，只留下受过精的蜂王越冬。因此它们不需要为过冬而采集和贮存食物，也不需要在培养大量的新蜂王和雄蜂上消耗资源。

熊蜂是继蜜蜂之后人工饲养量最多的传粉昆虫，全世界每年有100万群以上的熊蜂为农作物传粉，其中95%以上用于设施番茄传粉。熊蜂具有趋光性差、耐低温和低光照、对茄科作物特有的气味不敏感等生物学特性，而成为温室果蔬传粉的理想昆虫。科学家发现，熊蜂性情温顺，攻击性较弱，在作物上停留时间更长，单位时间内访花更多，在恶劣天气条件下仍然进行授粉工作，是一个非常投入的采蜜者，这样，花儿的授粉就会很完全，结出的果实就会很丰硕，不但可以提高产量，而且可以改善蔬菜品质。熊蜂不仅是设施作物的重要传粉昆虫，在熊蜂的采集对象里，果树、蔬菜、粮食、油料作物、牧草占有相当大的比重，在野生状态下，熊蜂已经对农牧业产生了重要影响。熊蜂也是众多药用植物的主要授粉昆虫，更是众多野生植物特别是高山植物、高原植物以及一些濒危植物的重要授粉者。

### 警惕外来蜂种入侵

外来生物引进需要慎重！

中华蜜蜂，又称中蜂，是我国土生土长的蜂种，适应我国气

Шмель редчайший *Bombus unicus*

6.00 РОССИЯ ROSSIJA·2005

熊蜂

中华蜜蜂

意大利蜂

候环境条件，在采集零星蜜源、食物耗量、抗胡蜂及产卵有节制等方面具有明显的优势。中华蜜蜂的养殖促进了农业的发展和农作物的增产，家养蜜蜂和野生蜜蜂相辅相成，不仅维护了我国特有的自然生态系统，而且中华蜜蜂的分布和数量相当可观。但在意大利蜂引进之后，不到一百年的时间里，意大利蜂通过干扰中华蜜蜂蜂王交配、杀死中华蜜蜂蜂王、盗取中华蜜蜂蜜蜡、传染囊蚴病等方式竟然将中华蜜蜂一步步逼上绝境。连带反应，中华蜜蜂的数量锐减使我国那些只

本土熊蜂

　　能依靠它来传粉的显花植物因为得不到正常授粉而最终灭绝。尽管我国为了保护中华蜜蜂这一特有物种，建立了一些中华蜜蜂自然保护区，但在野外，只要有意大利蜂的地方，中华蜜蜂还是无法存活。

　　近年来，因为熊蜂在大棚授粉的优势，我国北京、河北、山东等地又从国外大量引进熊蜂授粉蜂群，因而有可能对我国本土熊蜂造成灾难性的后果。这不得不引起我们的警惕。目前，全球应用最广的蜂种为欧洲地熊蜂。由于地熊蜂具有很强的生物入侵性，在日本、新西兰、澳大利亚和智利等国已经发生了严重的生物入侵现象，对当地的蜂种资源和生态系统造成了一定的影响。在我国，一旦管理不当，外来熊蜂就有可能成为入侵物种定居我国，从而侵占我国原有熊蜂的生存空间，一些本土熊蜂种类就会因此而逐渐消失，原有的生态系统就会遭到破坏。外来熊蜂还有可能通过杂交，发生基因改变，形成新的物种，破坏原有熊蜂资源。已有研究表明，欧洲地熊蜂和我国兰州熊蜂的雄蜂头部分泌物相似性较高，在人工条件下可以和兰州熊蜂杂交，有可能会干扰我国本土熊蜂的正常繁衍。外来熊蜂入侵之后，还有可能会带来一些疾病或寄生虫，而本地熊蜂并没有抵抗力，甚至其他种类的蜜蜂也有可能被传染，这对我国蜜蜂产业将会造成毁灭性的打击。

　　因此，大力开发和利用本土熊蜂资源，对于我国温室果蔬的优质、高效生产以及保护原有生态系统具有重要的意义。外来熊蜂物种的引入要做到防患于未然，引进前做好评估，引进之后要加强管理，以免造成生物入侵。

## 🐝 食用与药用

### 蜜蜂

　　蜜蜂的食用和药用价值巨大。它们酿制的王浆和蜂蜜含有大量蛋白质、游离氨基酸和丰富的维生素等，是很好的保健食品，而且对营养不良、肠功能紊乱、神经衰弱、肝炎等有良好的医疗作用。蜂蜡是工蜂腹部腹面的4对蜡腺分泌出来的，具有防潮、绝缘、可塑、可燃、有光泽等性质，广泛应用于轻重工业和医药制造业。蜂胶、巢脾在医疗上也都有重要的作用。蜂毒具有抗菌、消炎、镇痛、降血压以及抗辐射的作用，对治疗风湿性关节炎和类风湿性关节炎具有良好的疗效。

### 胡蜂

　　胡蜂不仅食用普遍而且具有较高的药用保健价值。唐代刘恂在《岭表录异》中最早记载了采集和烹调胡蜂的方法。胡蜂是营养丰富的优质昆虫蛋白质，直到现在，炸蜂蛹作为一种营养美味的菜肴，深受云南、广西、广东等地区老百姓的喜爱。胡蜂的幼虫、蛹、成虫含有18种氨基酸，其中膳食蛋白的8种人体必需氨基酸，胡蜂体内就含有7种，而且含量特别高。胡蜂蜂巢及蜂毒都是常用中药。胡蜂毒具有极好的抗炎镇痛、改善血液循环、抑制肿瘤细胞活性和抗辐射的作用。胡蜂的蜂房被称为露蜂房，不仅能有效镇痛，还具有很好的驱虫和消肿解毒功效。在边远山区，人们常饮用胡蜂酒预防和治疗风湿病、关节炎等病痛。

油炸胡蜂蛹